Knaur

Von Friedrich Ani sind als Knaur Taschenbuch erschienen:

German Angst
Die Erfindung des Abschieds
Abknallen
Süden und das Gelöbnis des gefallenen Engels
Süden und der Straßenbahntrinker
Süden und die Frau mit dem harten Kleid
Süden und das Geheimnis der Königin
Süden und das Lächeln des Windes
Süden und der Luftgitarrist

Über den Autor

Friedrich Ani, 1959 in Kochel am See geboren, lebt als Schriftsteller in München. Für seine Arbeiten erhielt er zahlreiche Auszeichnungen, zuletzt den Deutschen Krimipreis 2002 für den ersten Band der Tabor-Süden-Reihe und den Deutschen Krimipreis 2003 für die nachfolgenden drei Bände. Sein Roman »Gottes Tochter« erschien im Sommer 2003 bei Droemer.

Friedrich Ani

SÜDEN UND DER GLÜCKLICHE WINKEL

Roman

Knaur

Besuchen Sie uns im Internet:
www.knaur.de

Originalausgabe 2003
Copyright © 2003 bei Knaur Taschenbuch
Ein Unternehmen der Droemerschen Verlagsanstalt
Th. Knaur Nachf. GmbH & Co. KG, München
Alle Rechte vorbehalten. Das Werk darf – auch teilweise – nur mit
Genehmigung des Verlags wiedergegeben werden.
Umschlaggestaltung: ZERO Werbeagentur, München
Umschlagabbildung: Jenny Lyn/Graphistock/Picture Press
Satz: Ventura Publisher im Verlag
Druck und Bindung: Clausen und Bosse, Leck
Printed in Germany
ISBN 3-426-62384-6

2 4 5 3 1

*Ich arbeite auf der Vermisstenstelle der
Kripo und kann meinen eigenen Vater
nicht finden.*
> Tabor Süden

1

Diese Geschichte ist wirklich passiert, und ich habe sie bis heute niemandem erzählt, nicht einmal meinem besten Freund und Kollegen Martin Heuer, und auch nicht meiner Kollegin Sonja Feyerabend, mit der ich eine große Nähe teilte. Oft, wenn wir zu dritt zusammen waren – nach einem Kinobesuch, in einem Biergarten, an einem bestimmten Ort in der Stadt –, war ich kurz davor zu sprechen. Und ich erinnere mich, dass Sonja mich einmal in einem solchen Moment lange ansah und dann fragte, ob ich gerade eine Erscheinung gehabt hätte. Ich sagte nichts darauf, und später, nachts – es war Sommer und ihr Schlafzimmer, Gehege einer gierigen Mücke, erfüllt von schwerer Luft – beugte sie sich über mich und sah mich an wie nachmittags auf dem Viktualienmarkt, wo wir im Biergarten die kurz behoste, sockenlose Welt an uns vorüberziehen ließen. Und obwohl sie schwieg, wusste ich, was sie hören wollte. Doch auch ich schwieg und bedeutete ihr damit, dass es unmöglich sei, etwas zu erwidern, wenn sie sich nackt über mich beugte, und nach ungefähr einer Minute hatten meine Hände ihren Blick verändert, und wir begannen von vorn, uns zu lieben, nass von Schweiß und Speichel, kaum weniger ekstatisch als die vor Eifersucht und Ratlosigkeit tobende Mücke.

Am wenigsten bereit, davon zu erzählen, war ich, unmittelbar nachdem die Geschichte sich ereignet, nachdem ich den Vermisstenwiderruf ans Landeskriminalamt weitergeleitet und die Daten in unserem Computer gelöscht hatte und mein Vorgesetzter Volker Thon nicht aufhörte, mich zu fragen, wo ich in den vergangenen eineinhalb Tagen gesteckt und wieso ich mich nicht gemeldet und wo genau ich diesen seit fast vier Wochen verschwundenen Postbeamten plötzlich aufgespürt hätte.

Über die Umstände der Auffindung des Mannes, über die letzten Schritte meiner Ermittlungen, über manche Gespräche, die ich in einem früheren Stadium der Fahndung geführt hatte, enthielt mein Abschlussbericht eine Reihe von Ungenauigkeiten, die nichts anderes als gut kaschierte Lügen waren. Niemand hat sie bis heute als solche entlarvt. Für Volker Thon stellte die Vermissung des Cölestin Korbinian das übliche Ausbüxen eines gelangweilten Ehemanns dar, einen von rund eintausendfünfhundert Fällen, die wir auf der Vermisstenstelle im Dezernat 11 jedes Jahr zu bearbeiten hatten, eine Routinesache, bei der wir anfangs weder einen möglichen Suizid, einen Unglücksfall oder eine Straftat ausschlossen, allerdings nicht aufgrund von Hinweisen oder einer Ahnung, sondern aus Routine, und weil wir sonst, hätten wir eine konkrete Gefahr für »Leben oder körperliche Unversehrtheit« ausgeschlossen, den Fall nicht hätten weiterverfolgen können. Das bloße Verlassen des gewohnten Lebenskreises zog ausschließlich bei Kindern und Jugendlichen Sofortmaßnahmen nach sich.

Hätte ich nach dem Ende der Vermissung des Cölestin Korbinian die Wahrheit geschrieben, wäre ich nicht nur

von den meisten meiner Kollegen ausgelacht worden, sie hätten mich zudem zur Rede gestellt, wie es möglich gewesen sei, dass mich dieser Mann und eventuell auch seine Frau derart an der Nase herumführen konnten und ich dies trotz meiner zwölfjährigen Erfahrung auf der Vermisstenstelle nicht bemerkt hatte.
Darauf hätte ich keine Antwort gewusst. Ich hätte nur mit einer Lüge antworten können.
Nicht nur, dass zu keiner Zeit eine Gefahr für Leib und Leben des Gesuchten bestand – Anzeichen von Suizidabsichten hatte es bei Korbinian nie gegeben, was wir sowohl durch Aussagen der Ehefrau und von Arbeitskollegen als auch seines Hausarztes eindeutig feststellten, und konkrete Spuren eines Verbrechens oder Unglücks tauchten während der gesamten Ermittlung nicht auf –, im Grunde hatte er nicht einmal seinen gewohnten Lebenskreis verlassen. Eingedenk aller Umstände, die die Existenz Korbinians und die seiner Frau in jenem Juli schlagartig zu verändern schienen, muss ich vom heutigen Standpunkt aus erklären: Dieser Mann war nie verschwunden.
Er war nicht mehr da, aber er war nicht verschwunden.
Er kam einen Monat lang – vom dritten Juli bis zum zweiten August – nicht nach Hause, aber er war nicht verschwunden.
Niemand in der Stadt sah ihn mehr, aber er war nicht verschwunden.
Und ich fand ihn, obwohl er nicht verschwunden war.
Dafür war *ich* eineinhalb Tage lang unauffindbar, ohne

dass ich es bemerkte. Zumindest dachte ich nicht darüber nach.

Was von alldem hätte ich in einem polizeilichen Bericht schreiben sollen?

»Aufgegriffen am frühen Morgen des zweiten August auf dem Viktualienmarkt, der Gesuchte trank an einem der Stände, die gerade öffneten, Kaffee und aß eine Butterbreze dazu. Er machte einen gesunden Eindruck. Auf die Frage, wo er sich in den vergangenen vier Wochen aufgehalten habe, sagte er, er habe sich herumgetrieben, dem Sommer zu Ehren. Warum er sich nicht bei seiner Frau gemeldet habe? Er sei, sagte er, nicht dazu gekommen. Ob er nicht damit gerechnet habe, dass seine Frau ihn als vermisst meldet und von der Polizei suchen lässt? Nein, sagte er, damit habe er nicht gerechnet, es tue ihm Leid, wenn Kosten entstanden seien. Ob er die Absicht habe, nach Hause zurückzukehren? Durchaus, sagte er, wo solle er sonst hin?

Was ich so früh am Morgen auf dem Viktualienmarkt zu suchen gehabt hätte, fragte mich Volker Thon. Wie so oft, sagte ich, hätte ich nicht schlafen können und sei von Giesing aus den Nockherberg hinunter über die Isarbrücke und durch die Reichenbachstraße zum Markt gegangen, um den Händlern beim Sortieren der Lebensmittel zuzusehen und die würzige Luft zu genießen.

Ich hätte auch etwas anderes in der Art sagen können – nichts davon wäre der Wahrheit auch nur nahe gekommen. Also beendete ich diesen Fall mit der gleichen Routine, wie ich ihn begonnen hatte, überhörte hämische

Fragen und trank gemeinsam mit Sonja und Martin Bier unter freiem Himmel und erwachte am Morgen hautumrankt.

Heute, in der flüchtigen Stille dieses Hotelzimmers, fern aller Formulare, allein und vom Alleinsein gealtert, kehre ich zurück zu jenem vierten Juli, einem Tag, an dem es um acht Uhr morgens sechsundzwanzig Grad warm war und ich eine Nacht hinter mir hatte, in der ich vor lauter Sonja mit den Fingerspitzen beinah eine Botschaft in die Wolken geritzt hätte.

Noch nie zuvor, sagte Olga Korbinian, habe ihr Mann länger als einen halben Tag nichts von sich hören lassen, und nun sei er die ganze Nacht nicht nach Hause gekommen, ihr sei schwindlig vor Angst.

Ich wünschte, ich hätte wenigstens ihr sagen können, was geschehen war.

Er hatte es mir verboten. Und ich verstand ihn.

2

Für die Frau des Postbeamten, der nach der Privatisierung der Post kein Beamter mehr war, sondern Angestellter wie alle seine Kollegen, schien es das Wichtigste zu sein, dass ich Kaffee trank. Gegen meine Gewohnheit hatte ich mich an den Wohnzimmertisch gesetzt, nur um ihr einen Gefallen zu tun und sie auf diese Weise vielleicht etwas zu beruhigen, wobei sie sich größte Mühe gab, sich nichts anmerken zu lassen. Zur Begrüßung an der Tür hatte sie mich angelächelt und hereingebeten, als wäre ich ein freudig erwarteter, oft gesehener Gast, der endlich einmal wieder den Weg in die Innenstadt gefunden hatte.

Das Ehepaar Korbinian wohnte neben der Feuerwehrtrutzburg nahe des Sendlinger Tors, ein paar Meter von einem elfstöckigen Backsteingebäude entfernt, das als das erste Hochhaus Münchens galt, weswegen schräg gegenüber noch immer ein »Café am Hochhaus« existierte. Bis vor einigen Jahren zählten die Adressen in der schmalen Straße zwischen Feuerwehrgebäude und Marionettentheater zur Blumenstraße, der angrenzenden Hauptstraße, mittlerweile wohnten die Korbinians und ihre Nachbarn An der Hauptfeuerwache. Die Wohnung des Postlereehepaars im Parterre eines gelben Hauses war voll gestellt mit schweren Möbeln aus dunklem Holz. An den Wänden hingen unzählige Landschaftsbilder, in braunen Farben gehaltene kleine Gemälde und Stiche, daneben Familienfotos in Schwarzweiß und oval gerahmte Porträts älterer Menschen mit verschlossenen Gesichtern. Es kam mir vor, als dürfe es in dieser Wohnung keinen freien Platz geben, keinen direkten Blick auf die weiße Wand, keinen offenen Blick nach draußen. Hinter den dicht geschlossenen, bis zum Boden reichenden Vorhängen erahnte man eine ferne Welt.

Das war die Wohnung zweier Menschen, die keine ferne Welt brauchten, deren Genügsamkeit sich auf dreihundertfünfundsechzig Tage im Jahr verteilte, eingebettet in einen unveränderlichen Alltag, der sie auch dann nicht wesentlich erschütterte, wenn bundespolitische Entscheidungen sich unmittelbar auf die Tätigkeit am Schalter auswirkten. Korbinians Dienst begann um acht Uhr morgens und endete von Montag bis Freitag um achtzehn Uhr, jeden zweiten Samstag um zwölf Uhr dreißig. Zog man die Mittagszeit ab, hatte die Vierzigstundenwoche am Ende des Jahres tatsächlich vierzig Stunden gedauert und der Urlaub sechs Wochen. So sah der Lebensrhythmus des Ehepaars von der Hauptfeuerwache seit einunddreißig Jahren aus, so lange arbeitete Cölestin Korbinian bei der Post, und nichts hatte bisher darauf hingedeutet, er habe keine Freude mehr an seiner Beschäftigung oder trage sich womöglich mit Kündigungsgedanken. Wenn er morgens aus dem Haus ging, küsste er seine Frau auf den Mund, sagte etwas zu ihr, was ihm gerade durch den Kopf ging, und machte sich zu Fuß auf den Weg zum Postamt in der Fraunhoferstraße, in dem er im Alter von neunzehn Jahren seine ersten Briefmarken verkauft hatte. Inzwischen gehörte die Schalter-

halle nicht mehr der Post, sondern einer privaten Firma, die mit Papier und Büroartikeln handelte und bereits eine Reihe von Postämtern übernommen hatte und diese mehr oder weniger wie Schreibwarenläden führte.
Das störte Cölestin Korbinian sehr. Anfangs hatte er sich fast täglich über die schlecht ausgebildeten jungen Mitarbeiter geärgert, die das eigentliche Postgeschäft nur nebenbei betrieben, weil sie zu Verkaufsfachfrauen und -männern ausgebildet wurden, von denen die wenigsten später bei der Post landeten, sondern in Kaufhäusern und Supermärkten. Ärger und Kummer hatten sich bei Korbinian derart aufs Gemüt gelegt, dass sein Kollege Magnus Horch eines Abends an der Wohnungstür bei der Feuerwache klingelte, um zu erfahren, ob Cölestin Probleme habe oder krank sei oder ihn etwas bedrücke, worüber er nicht sprechen wolle.
Nach jenem Abend nahm Cölestin Korbinian seine jüngeren Kollegen nur noch professionell zur Kenntnis, er half ihnen, wenn sie Fragen über Beförderungssysteme im Ausland oder spezielle Haftungsbedingungen hatten, und hörte weg, wenn Kunden sich lautstark über Ahnungslosigkeit und Unhöflichkeit beschwerten. Die Art der Ausbildung lehnte er immer noch ab, aber nur im Stillen und mit schwindender Intensität. Er sei, sagte seine Frau, wie immer gewesen.
Wie ist jemand, der wie immer ist? Wann fängt das »immer« an? Mit dem ersten Kuss? Mit der Hochzeit? Mit dem Eintritt ins Berufsleben? Mit dem dreißigsten Geburtstag? Und endet es mit einer neuen Frisur? Mit einem

Weißwein zum Abendessen statt einem hellen Bier wie seit zehn Jahren? Mit einer anderen Meinung zur Meinung des Tagesthemenmoderators oder der des Oberbürgermeisters? Mit einem roten Hemd? Mit einer Sonnenbrille von Ray-Ban? Mit einer heimlichen Geliebten? Mit dem Tod der Partnerin? Mit dem eigenen Tod? Und was wäre dann am offenen Grab zu sagen? Er lebte wie immer und starb ganz anders?

Er sei wie immer gewesen. Als die anfänglichen Erschütterungen sich in ihm gelegt hatten, kehrte er zum Normalsein zurück. Und vermutlich war ein solides Normalsein die Basis für eine einunddreißig Jahre währende Tätigkeit bei der Post, noch dazu im selben Postamt. Denn Cölestin Korbinian war nach kurzen, unfreiwilligen, ausbildungsbedingten Stopps in Schwabing und Neuhausen unverzüglich in die Isarvorstadt zurückgekehrt, dahin, wo sein Leben stattfand, wo er aufgewachsen war, wo ihn alle Leute kannten, von wo aus er nur fünf Minuten bis zum Isarufer brauchte und höchstens fünfzehn bis in die Altstadt, in die Gegend um den Max-Joseph-Platz, zur Dienerstraße, zum Alten Peter, zum Viktualienmarkt. Die Vorstellung, in einem anderen Stadtteil wohnen zu müssen, schreckte ihn nicht, er hielt sie für vollkommen abwegig und absurd und unnütz.

Seit seiner Geburt in der Klinik an der Nussbaumstraße war die Heimat des Cölestin Korbinian östlich des Sendlinger Tors, und wenn die neuen Pächter ihren Laden in der Fraunhoferstraße schließen sollten, würde er vorzeitig in Rente gehen und sich unter keinen Umständen in

ein anderes Postamt versetzen lassen oder irgendeine Verwaltungsstelle beim Staat annehmen, die man ihm als langjährigen Beamten zur Verfügung stellen musste. Vielleicht hatte er sowieso vor, in ein paar Jahren die Arbeit zu beenden. Gelegentlich sprach er mit seiner Frau darüber, und sie unterstützte seine Pläne.
Sie hatte seine Pläne immer unterstützt, zum ersten Mal, als er ihr die Idee unterbreitete, ob sie eventuell bereit sein könne, ihn zu heiraten. Das war vor fast dreißig Jahren gewesen. Dann hatte es noch eine Weile gedauert, bis er genügend Mut und Entschlusskraft beisammen hatte, bevor er eines Abends im März am Ufer unterhalb der Reichenbachbrücke, wo die Isar, von der Schneeschmelze braun und fett geworden, mit einem bulligen Geräusch vorbeirauschte, die entscheidende Frage stellte, etwas leise, wie Olga Korbinian sich erinnerte, aber vielleicht lag es am lauten Fluss. Sie heirateten am vierzehnten Mai in St. Maximilian, der Kirche, in der Cölestin Korbinian getauft worden war. Kurz darauf zogen sie in die Blumenstraße, in jenen Teil, der später in »An der Hauptfeuerwache« umgetauft wurde. Einen Anlass wegzuziehen oder sich zu trennen gab es nie. Alle heiligen Zeiten brachte Olga ihren Mann dazu, mit ihr nach Südtirol zu verreisen, meist nach Meran, wo sie als Kind oft die Ferien mit ihren Eltern verbracht hatte. In der Erinnerung hörte sie das Klacken ihrer rosafarbenen Stöckelschuhe, die sie als kleines Mädchen tragen durfte, nur im Urlaub allerdings, und jedes Mal, wenn sie mit Cölestin an den alten Häusern vorüberging, stellte sie sich mit einem Eis

in der Hand in den Schatten einer Laube, so wie sie es als Kind getan hatte, und bat ihn, sie zu fotografieren. Widerwillig tat er es, seiner Meinung nach hatten Fotos keinen Sinn, sie würden einem nur etwas vorgaukeln, und wenn Olga fragte, was er damit meine, wandte er sich ab und kam vielleicht beim Abendessen darauf zurück, indem er erklärte, was man erst fotografieren müsse, könne man auch gleich vergessen.

Manchmal sagte er solche Sachen, dann wunderte sie sich ein wenig über ihn und sah ihn länger an als üblich, beobachtete ihn sogar, abends in der Pension, morgens beim Frühstück, beim Wandern auf dem Küchelberg. Aber er wirkte entspannt und gleichmütig wie zu Hause, er pflückte Blumen auf der Wiese und schenkte sie ihr, beinah übermütig und eigenartig linkisch, und sie nahm den kleinen bunten Strauß und küsste ihren Mann auf den Mund. Dabei, sagte sie, habe sie manchmal daran denken müssen, wie er ihr den Antrag gemacht hatte, unten an der Brücke, da hatten sie sich zum ersten Mal geküsst, obwohl sie schon zweiundzwanzig war und er zwanzig. Ehrlich gesagt, meinte sie, sei sie doch ganz gut dran. Welche Ehefrau werde jeden Tag geküsst, und immer auf den Mund und nie flüchtig, eher inniglich. Ja, inniglich, betonte sie, auch im Urlaub, wenngleich nicht jeden Morgen, aber untertags, bei bestimmten Gelegenheiten, in einer kühlen Gasse, am Flussufer in einem milden Wind, plötzlich, als erinnere er sich an ein Versäumnis, und hinterher, sagte sie, habe er meist einen heiteren Gesichtsausdruck gehabt.

In diesem Jahr hatten sie nicht vor zu verreisen. Wegen der Terminplanung seiner Kollegen musste Cölestin Korbinian vier Wochen Urlaub im Juli nehmen, das machte ihn einen Tag und einen Abend lang wütend. Ursprünglich hatte er überlegt, eine Woche nach Bozen zu fahren, zur Abwechslung, und Olga war einverstanden gewesen. Sie waren erst vor drei Jahren in Meran gewesen, und sie hatte sich einen Reiseführer für Bozen besorgt und schon Telefonate mit Pensionen geführt.

Und an seinem dritten Urlaubstag, am Mittwoch, den dritten Juli, ging er mittags aus der Wohnung, um, wie er sagte, seinen Kollegen und Freund Magnus zu treffen, der am Nachmittag frei hatte. Gemeinsam wollten sie auf dem Viktualienmarkt ein Bier trinken, eine Kleinigkeit essen und bei Dehner nach den Fischen sehen. Seit Olga ihn kannte, liebäugelte Cölestin damit, sich zwei Aquarien anzuschaffen. Sein Vater hatte fünf besessen, und Cölestin behauptete, er könne sich an keine stärkere Verbundenheit mit seinem Vater erinnern als an die in jenen Stunden, die sie beide vor den beleuchteten Glaskästen verbrachten und den unermüdlich zwischen den Pflanzen und Steinen dahingleitenden, vielfarbigen und auch unheimlich wirkenden Fischen zusahen. Sein Vater beobachtete jedes einzelne Exemplar, und wenn er glaubte, ein Fisch bewege sich merkwürdig, holte er ihn mit einem grünen Kescher heraus, betrachtete ihn, blies ihn an und setzte ihn behutsam ins Wasser zurück. Danach nickte er seinem Sohn zu, als wolle er ihm mitteilen, es sei alles in Ordnung und sie brauchten sich keine Sorgen zu machen. Manchmal winkte der kleine Cölestin den Fischen zu und beugte sich vor, damit sie ihn besser sehen konnten.

An diesem Mittwoch verabschiedete sich der Postler von seiner Frau, und als ich sie fragte, ob er sie an der Tür wie immer auf den Mund geküsst habe, wusste sie es nicht mehr. Erschrocken ging sie zum Fenster, schob die Gardine ein Stück beiseite und sah hinaus. Endlich stand ich auf. Vom heißen Kaffee und der drückenden Luft lief mir der Schweiß in den Nacken.

Natürlich hatte meine junge Kollegin, Oberkommissarin Freya Epp, einige Stichpunkte notiert, eine Weile zugehört und dann der Anruferin erklärt, sie möge sich beruhigen und Geduld haben, bestimmt kehre ihr Mann im Lauf des Tages nach Hause zurück, nichts weise darauf hin, dass etwas Schlimmes passiert sei. Mehrmals verstummte Olga Korbinian am Telefon so lange, dass Freya dachte, sie habe aufgelegt. Das Gespräch dauerte eine Viertelstunde, und am Ende versicherte Freya, sie würde sich mittags melden, und falls Cölestin Korbinian bis dahin nicht aufgetaucht sei, würde sie eine vorläufige Vermisstenanzeige aufnehmen, das verspreche sie. Die Kommissarin glaube ihr nicht, sagte Frau Korbinian, sie denke, ihr Mann sei bei einer anderen Frau, aber das stimme nicht, das stimme ganz und gar nicht, er sei verschwunden, und das sei das Furchtbarste, was ihr in ihrer Ehe je passiert sei.

Freya gab mir das abgetippte Gesprächsprotokoll, und

ich fand, sie hatte sich am Telefon richtig verhalten. Derartige Anrufe erhielten wir regelmäßig. Männer tauchten ab und ließen verdatterte Familien zurück, von denen mir manche den Eindruck vermittelten, sie seien weniger schockiert und besorgt als vielmehr beleidigt und fühlten sich bloßgestellt. Ohne ihre wahren Empfindungen in Worte zu fassen, klang aus jedem ihrer scheinbar sorgenerfüllten Sätze die Anklage, wie der Verschwundene sein Verschwinden ihnen nur antun, wie er sich nur so rücksichtslos und beschämend verhalten könne, woher er die Frechheit nehme, seine Angehörigen zu zwingen, Dinge zu erzählen, die niemanden etwas angingen, auch nicht die Polizei. Zumindest mit Letzterem hatten sie Recht. Sogar wenn wir einen Unglücksfall oder einen Selbstmord für möglich hielten, bestanden wir nicht auf den intimen Details der Familiengeschichte. Entscheidend für uns waren eine konkrete Beschreibung des Vermissten, seine äußere Erscheinung – mitteleuropäisch, asiatisch, negroid, slawisch, nordländisch, orientalisch –, Angaben über seine Gewohnheiten, über Orte und Stellen, an denen er sich oft aufgehalten hatte, über seine Kleidung, körperliche Merkmale – Tätowierungen, Narben –, seine Art zu sprechen – Hochdeutsch, Mundart, Fremdsprachen –, seinen letzten Aufenthaltsort, den genauen Zeitpunkt seines Verschwindens. Fakten, die unsere Fahndungsmaßnahmen bestimmten, unabhängig davon, dass wir das lokale Umfeld sowieso als Erstes überprüften: Keller, Speicher, Garagen, Grundstück, Garten, bevorzugte Lokale und Sportplätze. Wenn wir

Zeit hatten und genügend Kollegen zur Verfügung standen, führten wir diese Kontrollen auch dann durch, wenn jemand erst einen Tag oder eine Nacht verschwunden war, und stellten die Angaben ins Computersystem, wo die Personenbeschreibung über eine Datei des Bundeskriminalamts mit der von unbekannten Toten verglichen wurde. Diesen Vorgang verschwiegen wir. Jedenfalls hatten wir vorerst genug getan, um die Angehörigen zu beruhigen, in den meisten Fällen kehrte der zornig Vermisste spätestens nach drei Tagen zurück, und manchmal erfuhren wir erst durch einen Routineanruf bei der Familie davon. Dass sie gerade noch jemanden vermisst hatten, schien den Angehörigen schlagartig entfallen zu sein.

Was Freya Epp nach dem Anruf von Olga Korbinian keine Ruhe ließ, hing einerseits mit einem der Merksätze zusammen, die sie in den wenigen Monaten, seit sie auf der Vermisstenstelle arbeitete, immer wieder gehört hatte: Verschwindet jemand ohne Voraussetzungen, dann ist er aller Wahrscheinlichkeit nach tot. Andererseits machte sich Freya vor allem deshalb Sorgen um den Postler, den sie nicht kannte, weil Olga Korbinian trotz des Vorwurfs, die Kommissarin würde ihr keinen Glauben schenken, »eigenartig still und zurückhaltend«, wie Freya fand, und in keiner Weise aufgeregt gewirkt habe. So, als wisse sie mehr, als sie zugeben mochte, und Freya ärgerte sich, weil ihr dieses Verhalten nicht bereits während des Telefongesprächs aufgefallen war, sondern erst hinterher, als sie das Protokoll abschrieb.

Wenn jemand ohne Voraussetzungen verschwand – und länger als drei Tage verschwunden blieb –, gingen wir erst einmal nicht davon aus, dass er ein neues Leben in einer fernen Welt begonnen hatte. Stattdessen rechneten wir mit einem Unglück oder Verbrechen und stimmten unsere Ermittlungen darauf ab. Fast immer bestätigte die Wirklichkeit unsere Hypothesen, auch dann, wenn wir klare Indizien für eine Straftat vorweisen, aber die Leiche nicht finden und die Täter nicht überführen konnten. Echte Langzeitvermisste tauchten in unseren Statistiken höchstens alle zwei bis drei Jahre auf, Personen, bei denen wir ziemlich sicher waren, dass sie sich auf Nimmerwiedersehen ins Ausland abgesetzt hatten. Ansonsten gelang es uns, trotz der jährlich steigenden Zahl von Vermissungen die meisten zu klären, und nur in seltenen Fällen endete die Suche mit einer Totauffindung, wobei die geringste Zahl der Opfer ermordet wurde. Die meisten von ihnen hatten Selbstmord begangen.
Freyas Beunruhigung hatte jedoch noch einen anderen Grund als den Merksatz, den sie sich zu Herzen genommen hatte, und die Unsicherheit angesichts der zurückhaltenden Art von Olga Korbinian. Was sie umtrieb, auch wenn sie kein Wort darüber verlor – vermutlich, weil sie dachte, bei ihrer kurzen Zugehörigkeit zum K 114 stünden ihr solche Äußerungen nicht zu –, war die Frage: Was bedeutet überhaupt »ohne Voraussetzungen verschwinden«? Bei späteren Vermissungen sprachen wir oft darüber, und Freya fragte mich, ob ich jemals geglaubt hätte, sämtliche Voraussetzungen zu kennen,

unter denen jemand gelebt hatte und die ihn schließlich zwangen, von einem Tag auf den anderen seine gewohnte Umgebung zu verlassen. Vielleicht, sagte ich. Aber ich hätte auch ja sagen können. Denn im Lauf meiner Arbeit als Hauptkommissar waren mir wie niemandem sonst, nicht einmal dem besten Freund oder dem Pfarrer oder dem Arzt, aus den verschlossensten Zimmern eines Lebens Geschichten anvertraut worden, aus denen ohne jeden Zweifel die Ursache für die drastische Entscheidung hervorging.

Aber was nutzten mir diese Erkenntnisse wirklich? Die leere Stelle blieb. Und die Zimmertür wurde wieder geschlossen und verriegelt. Ich vertraute mich der Technik des Polizeiapparats und dem Können meiner Kollegen an, aber sie interessierten sich für Geschichten nur am Rande, sie benötigten Bausteine, keinen Efeu, sie suchten den geraden, benennbaren Weg und eindeutige Aussagen und nicht wie ich die Abschweifungen, die Umwege, das Abseitige, das Schweigen.

Die Person, um die es ging, erlösten sie so wenig wie ich, wir fanden sie, tot oder lebendig, und meldeten Vollzug an das Landeskriminalamt, wo mein Kollege Wieland Korn die letzten Daten in den Computer tippte und die Statistik um eine weitere Zahl ergänzte.

Die Fälle endeten, doch die Geschichten der Personen existierten weiter, nur für mich. Gelegentlich erzählte ich Martin oder Sonja davon, niemandem sonst, und manchmal halfen mir diese Erzählungen, einen neuen Fall zu verstehen oder wenigstens in ihn hineinzufinden.

Auf eine Weise, die ich anfangs nicht erklären konnte, erinnerte mich die Sache Korbinian an den Fall eines Mannes, der eines Morgens im Dezernat aufgetaucht war und behauptet hatte, er sei verschwunden gewesen und nun zurückgekehrt und bitte darum, seine Daten zu löschen. Wie sich bald herausstellte, war dieser Mann nie als vermisst gemeldet worden. Unbemerkt von den Leuten, die ihn halbwegs kannten, hatte er sich verirrt gehabt, mitten unter ihnen.
Bis heute sehe ich diesen Mann manchmal vor mir, und seine Nähe verschafft mir Erleichterung.
Genau wie Cölestin Korbinian, der mich an jenem vierten Juli zum ersten Mal aus verschatteten, unnahbaren Augen ansah.

»Das war in Meran«, sagte Olga Korbinian. Sie wandte sich mir dabei nicht zu, blickte weiter aus dem Fenster, hielt die Gardine mit beiden Händen fest. Ich betrachtete das Foto in meiner Hand, den Mann mit dem schmalen Gesicht, das beinah eingefallen wirkte. Er trug einen Strohhut, den er nach hinten geschoben hatte, was an der Dunkelheit um seine Augen nichts änderte.
»Wann?«, sagte ich.
»Vor drei Jahren«, sagte sie und ließ die Gardine los und sah weiter aus dem Fenster.
Dann, während sie sich langsam umdrehte, mich eine Zeit lang betrachtete und mit leisen Schritten zum Tisch ging, berichtete sie mir von ihren Urlauben, von der Arbeit ihres Mannes in der Fraunhoferstraße, von seinen

Gewohnheiten, zum Beispiel der, sie an der Tür zu küssen.

»Er war wie immer«, sagte sie. Inzwischen hatte sie sich hingesetzt und mehrere Male ihre leere Kaffeetasse auf dem Unterteller hin und her gedreht.

Ich sagte: »Hat er Sie wieder geküsst?«

Sie zog die Stirn in Falten. »Bitte?«

Ich schwieg. Ich stand vor der Tür zum Nebenraum, vermutlich dem Schlafzimmer.

Olga Korbinian senkte den Kopf. Offensichtlich bereitete ihr die Beantwortung der Frage Schwierigkeiten. Sie klopfte mit dem Zeigefinger auf die Tischdecke, strich darüber, als habe die gestickte Decke sich verschoben, und hielt die Hand vor den Mund, allerdings nicht flach, sondern seitwärts gewölbt wie jemand, der einem anderen etwas zuflüstern möchte.

Minuten vergingen, bevor sie den Kopf in meine Richtung hob.

»Ich weiß es nicht mehr«, sagte sie.

Ich nickte. Und ein Schweißtropfen fiel von meiner Stirn auf den Teppich. Ich trug ein weißes Hemd, dessen Knöpfe mit Ausnahme des obersten geschlossen waren und dessen Ärmel ich nicht hochgekrempelt hatte, eines meiner Baumwollhemden, weiß und weit geschnitten und auch bei großer Hitze fleckenlos. Dagegen passte ich nicht mehr hundertprozentig in die an den Seiten geschnürte, schwarze Hose aus Ziegenleder, von der ich zwei Exemplare besaß, beide in der gleichen Größe. Bei einer Körpergröße von einem Meter achtundsiebzig und einem Gewicht von achtzig Kilogramm hätte ich entweder abnehmen oder noch wachsen müssen, so oder so eine kindische Vorstellung.

»Möchten Sie ein Glas Wasser?«, sagte Olga Korbinian.

»Ja«, sagte ich.

Als sie mit einer Flasche Mineralwasser und einem großen Glas zurückkam, sagte ich: »Haben Sie noch mal mit Magnus Horch gesprochen?«

Sie goss das Glas voll und gab es mir. Ich trank einen Schluck und stellte es auf den Tisch. Sie behielt die Flasche in den Händen.

»Danke«, sagte ich.

Aus irgendeinem Grund schüttelte sie den Kopf und setzte sich. Ihr brauner, bis über die Knie reichender Rock und die dunkle Bluse, dazu die fast vollständig ergrauten Haare und das ungeschminkte Gesicht mit den Falten um Mund und Augen ließen sie älter erscheinen, als sie vermutlich war. Aus Freya Epps Protokoll wusste ich, dass Cölestin Korbinian am ersten Mai seinen fünfzigsten Geburtstag gefeiert hatte, seine Frau schätzte ich auf Mitte fünfzig, auch wenn man sie auf den ersten Blick für älter halten konnte.

Sie war eine unauffällige Person, die sich fast geräuschlos bewegte und die, wie ich bald feststellte, nicht gern redete, schon gar nicht in Gegenwart von Fremden.

»Warum ist das Foto schwarzweiß?«, sagte ich.

Ich hielt den Schnappschuss aus Meran noch immer in der Hand.

»Wir haben nur schwarzweiße Fotos«, sagte Olga Korbinian.
»Warum?«
Sie wandte sich ab.
Jetzt bemerkte ich zwischen den unzähligen Bildern an der Wand eines, auf dem das Ehepaar an einem langen Holztisch saß, eine Maß Bier vor sich, die genau zwischen den beiden stand, als solle das massive Glas den Abstand verdecken, in dem Olga und Cölestin sich hingesetzt hatten.
Wir betrachteten beide das Foto, ohne etwas zu sagen.
»Auf dem Foto aus Meran sieht Ihr Mann sehr ernst aus«, sagte ich.
Sie nickte und lächelte schnell und unscheinbar.
»Er lässt sich nicht gern fotografieren«, sagte ich.
Sie schüttelte kurz den Kopf.
»Meine Kollegin, mit der Sie gesprochen haben, hat mit Magnus Horch telefoniert«, sagte ich und legte das Foto auf den Tisch. »Er sagt, er hat Ihren Mann getroffen, und sie haben gemeinsam auf dem Viktualienmarkt ein Bier getrunken. Dann hat sich Ihr Mann von ihm verabschiedet, ziemlich plötzlich, wie Herr Horch sagte. Haben Sie eine Erklärung dafür, Frau Korbinian?«
Sie reagierte nicht, jedenfalls nicht so, dass man es ihr ansah. Ich trank noch einen Schluck Wasser und ging zum Fenster. Die Gardine roch frisch gewaschen. Ich beobachtete zwei Jugendliche, die mit ihren Mountainbikes in einem engen Kreis fuhren und sich dabei gegenseitig Feuer für ihre Zigaretten gaben, danach rissen sie die

Räder in die Höhe wie Pferde, die Zigaretten im Mundwinkel, und balancierten gekonnt auf dem Hinterrad, jeder konzentriert auf seine Kunststücke, von einem Bordstein zum anderen.
»Ich hab die ganze Nacht nicht geschlafen«, sagte Olga Korbinian hinter mir. Als ich mich umdrehte, sah sie mich an. Aber obwohl sie soeben gesprochen hatte, kam es mir vor, als warte sie seit langer Zeit auf ein Wort, das ihr leicht fiel. Sie hatte den Mund halb geöffnet, den Kopf leicht vorgestreckt, die Augenbrauen nach oben gezogen, als wäre sie zugleich neugierig und von unbestimmten, beunruhigenden Ahnungen erfüllt.
»Was haben Sie getan?«, fragte ich auf die Entfernung.
Regungslos, ohne zu blinzeln, schaute sie zu mir her. Ich wartete, strich mir die Haare aus dem Gesicht und verschränkte die Hände hinter dem Rücken, erwiderte ihre Reglosigkeit.
Sie senkte den Kopf, und ich nahm es als Zeichen, näher zu kommen.
»Haben Sie Herrn Horch angerufen?«
Wieder vergingen viele Augenblicke. »Ich hab geweint«, sagte sie mit fester Stimme, zum Boden hin.
»Das war die erste Nacht, in der Ihr Mann nicht nach Hause gekommen ist.«
»Die erste Nacht, in der wir nicht zusammen waren.«
»Seit wie lange?«
Sie sah mich an und lächelte wie zur Begrüßung an der Tür. »Seit mindestens achtundzwanzig Jahren.«
»Seit Sie verheiratet sind«, sagte ich.

»Wir haben auch das Jahr davor schon viele Nächte zusammen verbracht.«

»Was war Ihre erste Vermutung, Frau Korbinian?«, sagte ich.

Ich hatte erwartet, dass sie den Kopf zur Seite drehte. Sie schaute zu dem kleinen Bild mit dem Bierkrug. Da keine Stelle an den Wänden frei war, lehnte ich mich an die geschlossene Tür zum Nebenzimmer und schloss die Augen, die Hände auf dem Rücken.

Ich bemühte mich, an nichts Schlimmes zu denken, mit größter Anstrengung trieb ich den Gedanken zurück, dass ein Mann, der achtundzwanzig Jahre lang neben seiner Frau einschlief, der ein bis in den letzten Winkel überprüfbares Leben führte und dann eines Nachts fortblieb, aller Wahrscheinlichkeit nach eine Dummheit begangen hatte und dafür, auf welch tragische Weise auch immer, die Konsequenzen ziehen musste. Natürlich bestand die Möglichkeit eines Unfalls, allerdings hatte Freya Epp routinemäßig sämtliche Krankenhäuser, private Kliniken und Rettungsleitstellen angerufen, nicht nur innerhalb der Stadt, auch im Umkreis von dreißig Kilometern, und nirgendwo war ein Mann, auf den die Beschreibung Korbinians gepasst hätte, registriert. Natürlich konnte er irgendwo liegen, unfähig, sich selbst zu helfen, natürlich konnte er sich, aus Gründen, die niemand von uns kannte oder erahnte, irgendwo verstecken, natürlich konnte er jemandem begegnet sein, der ihn irgendwohin mitgenommen hatte, natürlich konnte er noch am Leben sein.

Ich zwang mich zu denken, dass Cölestin Korbinian noch am Leben war.

Ich zwang mich zu vergessen, dass ich in den zwölf Jahren auf der Vermisstenstelle bisher keinen auch nur annähernd vergleichbaren Fall zu bearbeiten hatte – immer, immer, immer endeten ähnliche Vermissungen mit der Totauffindung des Gesuchten.

Ich zwang mich, die Zahl achtundzwanzig zu vergessen.

Ich zwang mich zu denken, Cölestin Korbinian habe sich nur verlaufen, so lächerlich dieser Gedanke auch sein mochte. Ich dachte: Er hat sich verlaufen und in der nächsten Nacht wird er seiner Frau keinen Grund mehr geben zu weinen.

»Sie werden es wahrscheinlich nicht glauben ...«, sagte Olga Korbinian.

Ich öffnete die Augen.

»Aber ich bin sicher, er hat eine Geliebte.«

Und wieder lächelte sie, als habe sie ein heiteres Empfinden.

3

Sie hatte Recht: Ich glaubte ihr nicht. Und ich verstand ihr Lächeln nicht, das nicht endete, solange sie stumm am Tisch saß und wie vorhin mit dem Zeigefinger über die Decke strich. Woher hätte ein Mann wie Korbinian eine Geliebte zaubern sollen? War es denkbar, dass er eine Kundin näher kennen gelernt hatte? Hatte ihm Magnus Horch, sein langjähriger Kollege, eine Bekannte vorgestellt? Und wann hätte das alles passiert sein sollen? Und wie hätte er es schaffen sollen, seine Treffen zu verheimlichen, sie überhaupt in seinen Stundenplan einzubauen, ohne dass Olga Verdacht schöpfte? Gegenüber Freya Epp hatte sie das Gegenteil behauptet, und nach allem, was sie mir erzählt hatte, deutete nichts auf Unregelmäßigkeiten im Tagesablauf ihres Mannes hin.

Trotzdem musste etwas geschehen sein, etwas, das unweigerlich zu seinem Verschwinden führte, etwas, das nicht mehr zu ändern war, etwas, das Korbinian veranlasst hatte, seine heiligen Gewohnheiten zu verdammen. Andernfalls war geschehen, woran ich nicht denken wollte. Ich ging näher zum Tisch und stellte mich vor Olga Korbinian.

»Kennen Sie den Namen der Geliebten?«, sagte ich.

»Nein«, sagte sie sofort.

»Seit wann, glauben Sie, hat Ihr Mann eine Geliebte?«

Sie zuckte mit den Achseln.

»Haben Sie ihn darauf angesprochen?«

Sie antwortete nicht.

»Wo hat er sie kennen gelernt?«, sagte ich.
»Im Biergarten«, sagte sie schnell.
»In welchem Biergarten?«
Zum zweiten Mal wölbte sie die Hand am Mund, als wolle sie jemandem etwas zuflüstern. Ich nahm das Glas und trank einen Schluck Wasser.
»Seit wann haben Sie den Verdacht, Frau Korbinian?«
»Seit gestern«, sagte sie.
»Wie sind Sie darauf gekommen?«
Sie nahm die Hand vom Mund. »Er hat seinen Strohhut aufgesetzt und sein himmelblaues Hemd angezogen.« Sie machte eine Pause, dann sah sie zu mir hoch. »So läuft er sonst nur im Urlaub rum. Er sieht dann ein wenig aus wie ein Künstler, das behauptet er, und das gefällt den Frauen, ich hab gesehen, wie sie ihm Blicke zugeworfen haben.«
»Die Frauen in Meran«, sagte ich.
»Die Touristinnen.«
»Wäre Ihr Mann gern Künstler geworden?«, sagte ich.
Ihre Lippen zuckten, aber diesmal scheiterten sie an der Konstruktion eines Lächelns.
»Warum setzt er den Strohhut nicht öfter auf?«, sagte ich. »Der wäre doch angenehm bei dieser Hitze.«
»Mein Mann verträgt die Hitze gut.«
»Haben Sie ihm das blaue Hemd geschenkt?«
»Möchten Sie was essen?«, sagte Olga Korbinian.
Ich sagte: »Was denn?«
»Ich hab Fleischpflanzerl und Gurkensalat im Kühlschrank.«

»Ihr Mittagessen«, sagte ich.
»Ich ess nicht gern allein«, sagte sie. »Oder sind Sie Vegetarier?«
»Nein«, sagte ich.
Ohne ein weiteres Wort stand sie auf und ging hinaus.

»Hats Ihnen geschmeckt?«, fragte sie, nachdem ich zwei meilensteinverdächtige Pflanzerl mit einem Durchmesser von ungefähr zehn Zentimetern und einen Hügel Gurkensalat in meinem staunenden Magen verstaut hatte.
»Unbedingt«, sagte ich.
Wäre in diesem Moment Cölestin Korbinian nach Hause zurückgekehrt, hätte ich mich womöglich für meinen mit jedem Bissen sich lüsterner gebärenden Hunger geniert.
»Frühlingszwiebeln, Knoblauch und ...« Sie betrachtete ihren Teller mit den Resten des Salats und des Fleisches, sie hatte deutlich weniger gegessen als ich.
»... Ingwer!«
»Ingwer«, sagte ich.
Dann schwiegen wir.
»Und ich nehm auch keine normale Semmel«, sagte sie dann, weiter über den Teller gebeugt, den sie jetzt mit beiden Daumen und Zeigefingern festhielt. Aber ich hatte gar nicht die Absicht, ihn wegzuziehen und ihre Reste auch noch zu essen.
Weil ich nichts erwiderte, warf sie mir einen Blick zu.
»Ich nehm eine Laugensemmel, die weich ich zwei Stunden ein.«
Ich sagte: »Es war sehr gut, vielen Dank.«

»Kochen Sie?«
»Nein«, sagte ich.
»Kocht Ihre Frau?«
»Ich bin nicht verheiratet.«
Sie nickte, schob meinen leeren Teller unter ihren und trug das Geschirr hinaus. Nach einiger Zeit, nachdem kein Klappern mehr und auch sonst keine Geräusche aus der Küche zu hören waren, ging ich hinüber.
Unterhalb des schmalen Fensters saß Olga Korbinian auf dem Boden, umklammerte ihre Beine, die sie an den Körper gezogen hatte, und rieb ihre Wange auf den Knien, unaufhörlich, mit einer zärtlich anmutenden Bewegung ihres schiefen Kopfes, wie eine Katze, die ihre Besitzerin liebkost. Den Blick starr auf die weißen Schränke gerichtet, schreckte sie aus ihrer Abwesenheit erst auf, als ich leise gegen den Türrahmen klopfte. Sofort streckte Olga die Beine und strich sich den Rock glatt. In der Entfernung zwischen uns zerbröselte ihr Blick, und ich fürchtete plötzlich, in dieser Wohnung würde es nie wieder zwischen zwei Menschen eine Mahlzeit aus Schauen geben.

Bis zum Postamt, das zusätzlich als Schreibwarenladen fungierte, brauchte ich eine knappe halbe Stunde, weil ich alle fünf Meter stehen blieb und mir versuchte vorzustellen, wie Cölestin Korbinian diesen Weg jeden Tag gegangen war, vermutlich immer auf derselben Straßenseite, möglicherweise auf der linken, um erst im letzten Moment die Fahrbahn zu überqueren, nicht ohne die Tram abzuwarten, die pünktlich über die Isarbrücke oder aus der entgegengesetzten Richtung kam. Und bevor er die Vorhalle betrat, kaufte er sich in dem Geschäft nebenan eine Zeitung, redete mit dem Inhaber und ging dann durch die Glastür, die ein Kollege kurz zuvor aufgesperrt hatte.

»Er kann sie auch selber aufgesperrt haben«, sagte Martin Heuer, mit dem ich mich am Kiosk auf der Nordseite der Reichenbachbrücke verabredet hatte, zwei Minuten vom Postamt entfernt.

»Nein«, sagte ich.

»Wenn dus so willst«, sagte Martin. Mit einem leicht griesgrämigen Gesichtsausdruck leckte er an der ersten der zwei Eistüten, die er pro Jahr verzehrte, und auch nur deshalb, weil er keine Lust hatte, Mineralwasser zu trinken, so wie ich.

Martin trank Bier, Kaffee und in kritischen Gesundheitsmomenten Cola, allerdings gemischt mit etwas Substantiellem.

»Was ist?«, sagte er.

Wenn ich ihm zusah, wie er das Eis – natürlich kein italienisches in Kugeln, sondern ein abgepacktes – mit züngelnder Zunge hastig in den Mund schob, kam er mir abwechselnd vor wie ein genervter Junge, der vor seiner Oma den netten dankbaren Enkel spielt, und wie ein alter Mann, der sich von seiner Frau wieder einmal zu einem albernen Kauf hat hinreißen lassen.

Wir kannten uns, seit wir ein Jahr alt waren, durch ihn war ich zur Polizei gekommen, und auch wenn unser Leben außerhalb des Dezernats längst sehr unterschied-

lich verlief, trafen wir uns noch immer in den Gärten unserer Erinnerung und nicht selten in gewissen Winkeln der Gegenwart, wo es niemanden außer uns gab, wo wir so taten, als wären wir Teil eines zeitlosen Spiels, unverwundet und belächelt von einem Gott, der an uns glaubte.
Er warf die Hälfte seines Eises in den Abfalleimer und zündete sich eine Salem ohne an.
Mit ungefähr vierzehn hatte er begonnen zu rauchen und seither keinen Grund gesehen aufzuhören. Und etwa zur gleichen Zeit hatte er begonnen zu trinken.
Und irgendwann hatte ich aufgehört, ihn zu bitten, weniger zu rauchen und weniger zu trinken.
Auf seinem knochigen, eingefallenen Gesicht stand eine Schweißschicht, seine wenigen Haare klebten wie ein dürres Nest auf seinem Kopf, und sein magerer Körper schien in der gleißenden Sonne zu schrumpfen. Er trug einen Rollkragenpullover, eine graue Stoffhose und eine graue Filzjacke, und mit seinem bleichen Gesicht, den Tränensäcken und dem unauffälligen Zittern der Hände unterschied er sich kaum von den Sandlern, die ebenfalls an diesem Kiosk zu Gast waren und nachts unter der Brücke campierten, lebenslang.
Es war, als würde ich in diesem Moment, an diesem Mittag im Juli, einen Blick in die Zukunft werfen, in ein weit entferntes Zimmer im Winter, an dessen Wände ich die Bilder eines alten Glücks projiziere, um uns in der gütigen Ahnungslosigkeit unseres Erfolgs als Kriminalisten wiederzusehen, uns, Hauptkommissare im Dezernat 11,

die wir mit unserer bewährten Mischung aus Logik, Fachwissen und gesundem Menschenverstand die Vermisstensache Korbinian zu einem für alle Beteiligten zufrieden stellenden Ende bringen würden, was denn sonst?

Bevor wir uns auf den Weg machten, sahen wir hinunter zu den Uferwiesen, die übersät von Menschen mit nackten Oberkörpern waren, ein paar junge Männer spielten in der beißenden Hitze Fußball. Eine der unerschütterlichen Gemeinsamkeiten zwischen Martin Heuer und mir bestand in der totalen Ablehnung von Betätigungen in Gewässern. Schon in der Kindheit setzten wir nur unter Androhung von Gewalt oder aus Gründen der Angeberei vor Mädchen einen Fuß in den Taginger See, an dem wir aufwuchsen, und später zogen wir uns nie mehr aus, um eine Badehose zu tragen. Und nur weil Sonja Feyerabend nach dem frühen Tod ihres Vaters Sonnenblumenkerne am Ufer der Ostersee, etwa vierzig Kilometer südlich von München, verbuddelt hatte, begleiteten wir sie gelegentlich dorthin, bewunderten die tatsächlich gewachsene Pflanze und machten Sonja die Freude, mit ihr ins Wasser zu gehen und so zu tun, als könnten wir schwimmen. Wir konnten aber nicht schwimmen, wir achteten lediglich darauf, nicht unterzugehen, was uns – bis auf ein Mal – auch gelang. Dieses eine Mal verlor Martin den Boden unter den Füßen, zum Glück bemerkte ich rechtzeitig seine rudernden Arme und zog ihn an Land. Von diesem Tag an mied Martin sogar seine Badewanne.

Für Kriminalisten schleppten wir, was gewisse Lebensumstände betraf, eine beachtliche Furchtsamkeit mit uns herum.
Außerdem genierte Martin sich in nacktem Zustand für seine hervorstehenden Knochen und ich mich für meinen hervorstehenden Bauch. Für Männer über vierzig waren wir ziemlich genant.
»Wie verschwunden? Wieso verschwunden? Wohin denn verschwunden?«
In seinem dunkelroten Hemd mit den grünen Sternchen genierte sich Magnus Horch bestimmt nicht einmal hinter seinem Schalter. Er trank Eistee aus der Dose und aß ein Schinkenkäsebaguette, wobei er ständig mit der Zunge seine Lippen abschleckte.
»Er ist heute Nacht nicht nach Hause gekommen«, sagte ich.
»Ah was!« Horch trank einen Schluck, sah zur Tür des kleinen Aufenthaltsraums, in dem neben dem Tisch, an dem er saß, Taschen und Rucksäcke standen, anscheinend die Privatsachen der Angestellten und Lehrlinge, und schüttelte den Kopf. »Da fragt man sich, was die so den ganzen Tag beigebracht kriegen. Wie die mit unseren Kunden umgehen! Kein Wunder, dass alle Leute auf die Post schimpfen, bei dem Personal! Hinterher gehen die zum Aldi oder in den Kaufhof, da brauchts keinen Service, da drücken sie den Leuten das Zeug in die Hand, fertig.«
Er riss mit den Zähnen ein Stück Weißbrot ab, kaute aufwändig und spülte mit Eistee nach.

»Sie haben sich gestern mit ihm getroffen, Herr Horch«, sagte ich.

»Gestern? Mittag, ja.« Er verschlang den letzten Bissen, leckte sich die Lippen, zog ein Papiertaschentuch aus der Hose und wischte sich den Mund und die Hände ab. Dann lehnte er sich zurück und dachte nach. Martin war draußen in der Schalterhalle und befragte Mitarbeiter und Kunden und zeigte ihnen ein Foto von Korbinian, das uns seine Frau geliehen hatte. Auf dem Bild saß Korbinian am Tisch im Wohnzimmer, einen großen Blumenstrauß neben sich, und verzog keine Miene. Die Aufnahme stammte vom Tag seines fünfzigsten Geburtstags am ersten Mai.

»Und er hat sich schnell von Ihnen verabschiedet«, sagte ich.

»Schnell? Stimmt. Woher wissen Sie das?«

»Von meiner Kollegin, sie hat Sie angerufen.«

»Stimmt«, sagte er und stand auf. »Wieso nicht nach Hause gekommen? Das ist doch Unsinn! Wo soll er denn sein, der Cölestin?«

»Worüber haben Sie im Biergarten auf dem Viktualienmarkt gesprochen, Herr Horch?«

»Über nichts Bestimmtes«, sagte er, sah auf seine Armbanduhr und hob den Zeigefinger. Er bückte sich und holte aus einer schwarzen Aktentasche, deren Leder glänzte, einen Schokoriegel. »Ration geheim!«

»Vor wem geheim?«, sagte ich.

»Was?« Er riss das Papier nur an der Spitze ab und biss sofort hinein. Wieder leckte er sich mehrmals hintereinander die Lippen.

»Worüber haben Sie gesprochen?«, sagte ich.
Er kaute, sah zur Tür, schüttelte den Kopf. Die Gespräche draußen waren schlecht zu verstehen, ich hörte immer nur einzelne Worte, ab und zu stieg die Lautstärke.
»Er hat gemeint, er wird jetzt mal Ernst machen mit den Fischen, seit Jahren will er sich welche zulegen, aber dann kann er sich nicht entscheiden. Der Cölestin braucht immer ewig, bis der was verändert.«
»Was hat er schon verändert?«
»Verändert? Nichts eigentlich.« Horch legte den halb gegessenen Riegel auf den Tisch. »Wieso soll der verschwunden sein? Wo soll der gewesen sein in der Nacht?«
»Seit wann kennen Sie Herrn Korbinian?«
»Seit fünfzehn Jahren mindestens.«
»Beschreiben Sie ihn«, sagte ich. »Was ist er für ein Typ? Was zeichnet ihn aus?«
Horch fuhr sich mit beiden Händen durch die hellbraunen geschneckelten Haare. »Was ihn auszeichnet? Was zeichnet den Cölestin aus? Den zeichnet aus, dass er zuverlässig ist. Wenn er sagt, er ist um fünf da, ist er Punkt fünf da. Ausgezeichnet! So genau kenn ich ihn auch nicht.«
»Nach fünfzehn Jahren?«
»Schon. Fünfzehn Jahre. Freilich. Wir arbeiten hier zusammen, wir haben die Umstellung gemeinsam erlebt, die neuen Kollegen, den Umbau, Computerschulung, das alles. Was man halt so tut den ganzen Tag, das ganze Leben, stimmts?«

»Ja«, sagte ich.

»Was?« Er sah wieder auf die Uhr. »Sie, ich muss wieder raus, die Pause ist vorbei. Der ist bestimmt nicht verschwunden, der Cölestin, das ist ja so, als würd der plötzlich anfangen zu rauchen oder Fußball zu spielen. Oder als würd der auf einmal im Zirkus auftreten.« Er brach in ein abgehacktes Lachen aus.

»Wie meinen Sie das, Herr Horch?«

»Was? Wie ich das meine? Wegen dem Zirkus? Der Cölestin, das ist nicht gerade ein Gaudibursch, das mein ich damit. Zur Unterhaltung können Sie den nicht einsetzen, das wär schlecht fürs zahlende Publikum. Er macht seine Arbeit und dann geht er heim zu seiner Frau. Mehr macht der nicht. Aber er ist beliebt, die Leute mögen ihn, manche Kunden wollen nur von ihm bedient werden, von niemand sonst, die warten extra in der Schlange auf ihn. Das ist sein Metier, der Schalter ist sein Königreich, der liebt noch seine Arbeit, der ist Postler mit Leib und Seele, so einer ist das.«

Ich sagte: »Kennen Sie seine Geliebte?«

Horchs helles Gesicht nahm ungefähr die Farbe seines Hemdes an. Er wollte etwas sagen, verschluckte sich, fuhr sich mit der Zunge hektisch über die Lippen.

Nach kurzem Anklopfen trat Martin ein. Er warf einen Blick auf Horch und begriff sofort, dass dieser an einer Antwort kaute.

»Seine Frau hatte Recht«, sagte ich. »Korbinian hat eine Freundin.«

»Freundin!«, sagte Horch, bemerkte, dass die Tür halb

offen stand, und zog sie rasch zu. »Der hat keine Freundin! Das ist doch keine Freundin!«
»Eine Geliebte«, sagte Martin.
»Wer sagt das denn? Seine Frau? Das kann die doch gar nicht wissen!« Horch schüttelte den Kopf, wischte sich mit der Hand über die Stirn. »Heiß hier drin. Ja, er hat mal was erzählt. Er hat behauptet, er hätt da jemand. Hat er behauptet. Glaub ich nicht. Hab ich ihm auch gesagt, ich hab zu ihm gesagt, ob er jetzt Komiker werden will, weil er so was erzählt. Das ist doch ein Witz!«
»Wann hat er das erzählt?«, sagte ich.
»Was weiß ich. Vor einem halben Jahr. Ja. Bei der Weihnachtsfeier. Genau. Nein, am nächsten Tag. Einen Tag später. Ja. Wir waren mittags drüben beim Essen, beim Schnellchinesen. Ja.«
»Und Sie haben ihm nicht geglaubt«, sagte ich. »Warum nicht?«
»Der Cölestin und eine Freundin, das ist so, als würd der Boris Becker schwul werden. Ich hab zu ihm gesagt, was das soll, und er hat gesagt, es stimmt. Er hätt eine Freundin.« Horch tippte sich an die Schläfe.
»Hat er gestern von ihr gesprochen?«, sagte ich.
»Gestern? Wieso gestern?«
»Weil er von einem Moment auf den anderen weg musste.«
»Er hat gesagt, er wollt noch was erledigen.«
»Was erledigen?«, sagte ich.
»Hat er mir nicht verraten.«
»Haben Sie ihn nicht gefragt?«
»Ich hab ihn gefragt«, sagte Horch ungeduldig. »Hab ich.

Er hats nicht verraten. Er hat gesagt, er muss was erledigen, was er vergessen hat. Ich muss jetzt raus, sonst krieg ich noch einen Anschiss von den Jungen, darauf kann ich verzichten.«

»Und seit dem Tag nach der Weihnachtsfeier hat er die unbekannte Frau nicht mehr erwähnt«, sagte ich.

»Doch«, sagte er. »Doch. Letzte Woche. Am Freitag. An seinem letzten Arbeitstag vor dem Urlaub. Er hat gesagt, er würd nächste Woche seine Freundin treffen.«

»Und wie haben Sie reagiert?«, fragte Martin.

»Ich hab gesagt: schöne Grüße!«

»Hat er einen Namen genannt?«, sagte ich.

»Was soll er für einen Namen nennen, wenns die Frau nicht gibt?«, sagte Horch und drängte sich zwischen Martin und mir hindurch. »So kommen Sie nicht weiter. Ich weiß nicht, warum er heut Nacht nicht nach Haus gekommen ist. Aber eins weiß ich: Eine Gespielin hat der nicht.«

Das war auch meine Meinung, auch wenn ich keine Beweise für meine These hatte.

»Warum sind Sie da so sicher?«, sagte ich.

Horch schloss die Tür, die er gerade aufgemacht hatte, noch einmal und hielt die Klinke fest.

»Das bleibt unter uns. Versprochen? Sie müssen mir versprechen, dass wir das unter uns behalten. Ja?«

»Warum glauben Sie nicht, dass Ihr Kollege eine Geliebte hat, Herr Horch?«, sagte ich mit leiser Stimme.

»Er hat ein Erektionsproblem, wenn Sies genau wissen wollen.«

»Er ist impotent?«, sagte Martin.
»Er hat dieses Problem, das muss genügen. Behalten Sie das bitte für sich, das ist sehr privat! Ja?«
Merkwürdigerweise bestärkte mich diese Information nicht in meiner Vermutung, Korbinian habe keine Geliebte. Vielmehr brachte ich die Frage nicht mehr aus dem Kopf, wieso ein Ehemann mit Erektionsproblemen *keine* heimliche Freundin haben sollte. Und vielleicht dachte Olga Korbinian genau das Gleiche.

4

In diesem Frühsommer arbeiteten wir fast wortlos an unseren Fällen. Zwar versuchten wir die meiste Zeit des Tages die Fenster geöffnet oder zumindest gekippt zu halten, doch unser Dezernat lag an der von Autos und Straßenbahnen viel befahrenen Bayerstraße gegenüber dem Südeingang des Hauptbahnhofs, sodass die Geräusche jedes Mal schon nach kurzer Zeit unerträglich wurden und wir bald wieder in der stickigen Luft festsaßen. Die regelmäßigen Besprechungen, die Volker Thon, der Leiter der Vermisstenstelle, abhielt, dauerten dann höchstens fünfzehn Minunten und nicht wie üblich knapp dreißig, und zum Erstaunen von uns allen trug er kein Seidenhalstuch, nicht einmal ein Sakko. Sein übliches, für einen Kripobeamten ungewöhnlich gestyltes Outfit – Zweihunderteurohose, Seidensocken, Markenhemd, italienische Schuhe – hatte er gegen luftige Kleidung getauscht, gegen ein weißes T-Shirt und eine weiße, weit geschnittene Hose, und in den hellbraunen Slippern war er barfuß. Damit verbreitete er nicht nur nach Einschätzung von Sonja Feyerabend eine gewisse dentistische Aura.

»Neue Erkenntnisse in der Sache Korbinian?«, fragte er.

»Wir hören uns morgen Mittag auf dem Viktualienmarkt um«, sagte ich.

Heute waren wir nach dem Besuch bei Magnus Horch zu spät dran gewesen. In der Hoffnung, auf Personen zu stoßen, die bestimmten Gewohnheiten folgten, wollten wir uns zur gleichen Zeit dort aufhalten wie Korbinian und sein Kollege.

»Kann sich immer noch als Hupfaufsache rausstellen«, sagte Thon.

»Unwahrscheinlich«, sagte ich.

»Warum?«

»Passt nicht zu dem Mann.«

Als Hupfaufvermissung bezeichneten wir Fälle, in denen ein Verschwundener ungefähr so schnell wieder zurückkam, wie ein Kind einmal mit dem Seil springen kann.

»Habt ihr mit der Frau schon über die Impotenz gesprochen?«, sagte Paul Weber, unserer ältester Kollege, ein bulliger Mann mit breitem Gesicht, buschigen Augenbrauen und Ohren, die meist aus Gründen, die er selbst nicht verstand, dunkelrot anliefen. Zu Beginn meiner Zeit auf der Vermisstenstelle war er es gewesen, der mich mit den Details vertraut gemacht und sich anders als die anderen Kollegen an meinem Schweigen nie gestört hatte. Nach wenigen Wochen erzählte er mir von seiner Frau, die er kennen gelernt hatte, als er noch bei der Streife arbeitete und sie ihn nach dem Weg fragte, und ich erzählte ihm von meinen Versuchen, einer Frau ein naher Mann zu sein, und meinem ständigen Scheitern daran. Fürs Alleinsein, sagte er damals, müsse man sich nicht schämen. Aber bis heute leugne ich nicht, dass mir das Glück, das er mit seiner Elfriede teilte, in den Nächten tiefster Weltabwesenheit wie eine lichte Quelle erschien, aus der ich vielleicht, falls ich mich traute,

Zuversicht schöpfen konnte, um meine Einsamkeit, die ich zu oft als Wunde empfand, ertragen zu lernen.

»Nein«, sagte ich. »Ich möchte zuerst mit seinem Arzt reden.«

»Und die Dauerläufer?«, fragte Thon.

»Keine Spur«, sagte Sonja Feyerabend, die Sachbearbeiterin für die Vermissungen von Natascha und Swenja, zweier Fünfzehnjähriger, die in den vergangenen achtzehn Monaten sechsmal von zu Hause weggelaufen waren. Einmal landeten sie – wie die meisten Ausreißer – in Berlin, wo Streetworker sie entdeckten und unseren Kollegen übergaben, die übrigen Male streunten sie durch München, nächtigten mit Freunden, die deutlich älter waren als sie, im Freien oder in heruntergekommenen Wohngemeinschaften, und wenn sie erwischt wurden, versuchten sie nicht zu türmen. Sie wussten, es würde nicht lange dauern und sie wären wieder auf Tour. Jegliche Bemühungen der geduldigen Eltern, eines Lehrerehepaars und eines Psychologen und einer Musikerin, so offen wie möglich die familiären Probleme anzusprechen, scheiterten an der abgrundtiefen Offenheit der Mädchen. Munter redeten sie mit, hörten sich Vorschläge und Kritik an, versprachen darüber nachzudenken und sich wieder verstärkt um die Schule zu kümmern, vergossen sogar ein paar Tränen des Bedauerns, und einen Monat später riefen ihre Eltern wieder im Dezernat 11 an.

»Gehen wir in den Biergarten?«, fragte Sonja nach der Besprechung Martin und mich.

Ich sagte: »Wir können Paul mitnehmen.«
Weber lehnte ab, er sagte, bei ihm zu Hause sei es kühl, er vertrage die schwüle Hitze nicht mehr, außerdem müsse er dringend Sachen für die Altkleidersammlung heraussuchen. Vor allem aber, vermutete ich, wollte er nach siebenundzwanzig Ehejahren den maßlosen Verhau an Leere ordnen, den Elfriede bei ihrem Tod vor wenigen Wochen zurückgelassen hatte.

»Er war der erste Patient, der nicht darunter zu leiden schien«, sagte Dr. Nikolaus Rath am nächsten Tag. Wir standen beide in der Nähe des weit geöffneten Fensters, Rath trank schwarzen Kaffee. Von draußen kam nicht der kleinste Windhauch herein, und obwohl der Hinterhof, auf den das Fenster hinausging, von dichtem Laub verschattet war, wirkte die Luft klebrig.
»Was sind die Ursachen seiner Impotenz?«, sagte ich.
»Offenbar keine körperlichen«, sagte Rath. »Seine Prostata ist in Ordnung, er trinkt nicht, er ist nicht tablettensüchtig, Diabetes hat er auch nicht. Ich hab ihn lange befragt, er sagt, ihm fehlt nichts, außer dass er eben keine Lust verspürt.«
»Seit wann?«
»Seit etwa einem Jahr. Sie brauchen nicht zu fragen, was da passiert ist. Herr Korbinian hat mir keine Antwort darauf gegeben. Er meinte, es gebe durchaus Momente, in denen er erregt sei, leicht, aber deutlich spürbar, ich fragte ihn, welche Momente das seien, er sagte, ganz allgemeine Momente.«

»Was sind allgemeine Momente?«, sagte ich.
»Tja.« Rath trank, stöhnte leise und stellte die Tasse aufs Fensterbrett. »Er wollte nicht darüber sprechen. Absolut nicht.«
»Wie sind Sie überhaupt darauf gekommen?«, sagte ich.
»Ich fragte ihn nach dem Sexleben mit seiner Frau.«
»Warum?«
»Bitte?«
»Warum haben Sie ihn nach dem Sexleben mit seiner Frau gefragt? Geht Sie das was an?«
»Gehen Sie nie zu einem Urologen?«
»Nein«, sagte ich.
»Das sollten Sie aber tun. Die Vorsorgeuntersuchung ist sehr wichtig, das müssen Sie doch wissen als Polizist.«
»Was hat mein Beruf mit meiner Prostata zu tun?«, sagte ich.
Rath betrachtete mich kritisch. »Haben Sie keine Angst vor Krebs?«
»Doch«, sagte ich.
»Lassen wir das besser«, sagte er, überfuhr mich noch einmal mit einem vermutlich medizinischen Blick und sah aus dem Fenster. »Herr Korbinian ist ein langjähriger Patient, ich frage ihn selbstverständlich nach seiner privaten Situation. Und da erklärte er mir, er würde nicht mehr mit seiner Frau schlafen, weil er offensichtlich impotent sei, seine Frau habe Verständnis dafür.«
»Sie hat Verständnis, dass er impotent ist?«, sagte ich.
»Herr Süden!«, sagte Rath missgestimmt.

Vielleicht lag es an der Hitze. »Entschuldigung«, sagte ich.
»Das Thema ist Ihnen unangenehm«, sagte Rath. »Das hab ich gleich gemerkt, als Sie damit angefangen haben.«
»Es ist ein Thema, bei dem ich mich nicht auskenne«, sagte ich.
»Glück gehabt!«, sagte Rath und ging zum Schreibtisch, ohne die Tasse mitzunehmen. »Laut Schätzungen haben wir rund acht Millionen Männer in Deutschland, die schwer darunter leiden, sie kriegen keinen hoch, ansonsten sind sie kerngesund. Außer seelisch wahrscheinlich.«
Er setzte sich und warf einen Blick auf seinen Kalender.
»Haben Sie ihm Heilungsvorschläge unterbreitet?«, sagte ich.
»Ich hab ihm angeboten, Sildenafil zu verschreiben.«
»Was ist das?«
»Sie können auch Viagra dazu sagen.«
»Und Korbinian hat abgelehnt«, sagte ich.
Rath spielte mit einem roten Füllfederhalter. »Er meinte, so eine Pille sei auf jeden Fall praktischer als Nashornhörner zu pulverisieren oder die Genitalien von Gorillas zu trocknen. Ich war überrascht, das ist nämlich nicht seine Art, witzig zu sein.«
»Er hatte sich also schon erkundigt.«
»Anscheinend.«
»Haben Sie Kontakt mit seiner Frau aufgenommen?«
»Herr Süden«, sagte Rath. »Ich spreche mit meinen Patienten, weil ich ihnen helfen will, ich spioniere sie nicht aus.«

»Sie haben also nicht mit Frau Korbinian gesprochen.«
»Nein.«
»Und mit ihm? Haben Sie noch einmal mit ihm über dieses Thema gesprochen?«
»Er war seitdem nicht mehr hier.«
»Wann war dieser Termin?«
»Ende letzten Jahres«, sagte Rath. »Ich muss jetzt wirklich weitermachen. Waren Sie eigentlich zu lang in der Sonne?«
»Es tut mir Leid«, sagte ich, »wenn meine Fragen so auf Sie gewirkt haben.«
»Das mein ich nicht«, sagte Rath. »Ihre Stirn ...« Er zeigte mit dem Füller auf mein Gesicht. »Starke Rötungen, Sie müssen aufpassen mit Ihrer hellen Haut.«
»Ich vergesse immer, mich im Biergarten einzucremen«, sagte ich.
Rath nickte in Richtung Tür. Sollte ich je die Möglichkeit eines Besuchs bei einem Urologen in Erwägung ziehen, käme Dr. Nikolaus Rath auf jeden Fall in die engere Wahl.

Zwischen zwölf Uhr dreißig und dreizehn Uhr dreißig befragten wir etwa hundert Personen rund um den Biergarten auf dem Viktualienmarkt und zeigten ihnen Korbinians Foto. Manche schauten eine Zeit lang hin, überlegten, diskutierten mit ihrem Mann, ihrer Frau, schüttelten den Kopf, wollten wissen, was geschehen war. Kein Mensch erinnerte sich an den Postler.
»Ein Unsichtbarer«, sagte Martin.

Wir schwitzten. Auf den langen Holztischen unter den Kastanien schimmerte in provokativer Frische Bier in Gläsern und Maßkrügen, selige Trinker prosteten uns zu, denn es war immer von neuem erstaunlich, wie rasch sich sogar in einem Biergarten voller Fremder die Anwesenheit von Polizisten herumsprach. Ohne gefragt worden zu sein, baten uns bald Gäste, das Foto sehen zu dürfen, und reichten es quer durch die Bankreihen. Zwei junge Asiatinnen lächelten so lange um uns herum, bis wir uns bereit erklärten, uns von ihnen knipsen zu lassen.
»Ich sterb gleich«, sagte Martin, der vorhin, als ich Dr. Rath besuchte, im Auto gewartet hatte. An ihm gingen sämtliche Gesundheitsreformen spurlos vorüber, abgesehen von gelegentlichen Besuchen bei unserem Pathologen Dr. Ekhorn begab sich Martin niemals in die Nähe eines Arztes. Was ihm fehlte, wusste er selbst, und an Heilung glaubte er schon aus Freude am Glauben.
»Wie wäre es mit einem Vitaminsaft«, sagte ich.
Er sah mich an wie jemanden, dessen Geist sich verflüchtigt hatte. »Wirst du jetzt hypochondrisch, nur weil du in der Praxis eines Urologen warst?«
»Ich würde gern einen Saft trinken«, sagte ich.
»Ich nicht«, sagte Martin.
»Wir haben gestern so viel Bier getrunken«, sagte ich.
»Ich nicht.«
»Du auch.«
»Entschuldigen Sie«, sagte jemand.
»Warst du noch bei Lilo?«, fragte ich Martin.
»Geht dich das was an?«, blaffte er. Dann wandte er sich

um und ging zu der grünen Holzbude, in der das Bier ausgeschenkt wurde. Gestern, im Nockherberg-Biergarten, gemeinsam mit Sonja und ihm, hatte ich zweieinhalb Maß getrunken, er drei, Sonja eineinhalb. Und bevor wir gegangen waren, hatte jeder in der Gaststube noch zwei Averna auf Eis getrunken, Sonja wollte nur einen trinken, aber Martin meinte zu Recht, nur Flamingos könnten auf einem Bein gut stehen. Wir hatten kaum etwas gegessen, es war immer noch vierundzwanzig Grad warm, und wir waren angetrunken gewesen, ein Zustand, vor dem sich Martin ekelte. Entweder er trank oder er trank nicht, und wenn er trank, hörte er nicht nach drei Litern Bier und zwei unwesentlichen Schnäpsen damit auf. Er verabscheute dieses Halbbewusstsein, diese geteilte Wirklichkeit aus echter Wahrnehmung und rauschhafter Halluzination, er trank nicht, damit es ihm leichter fiel zu leben, zu reden, sich zu entspannen oder aus bloßer Gewohnheit, er trank, um ein Anderer zu werden, von dem er hinterher nichts wusste. Betrunken existierte er in einer schwarzen Enklave, wo er in Geborgenheit schwelgte, in Lilos Umarmungen hinter den abgedunkelten Fenstern ihrer Hurenwohnung oder in den menschenleeren Lokalen der Nacht. Dort, umfangen von Haut oder von abgestandenem Rauch, von freundlichem Atem oder von gleichgültigem Keuchen, bildete er sich ein, bleiben zu dürfen, bis es Zeit war zu sterben, ohne Vergebung und Reue. Irgendwann, zu einer Zeit, in der ich nicht aufpasste, kehrte er aus seinen Verliesen nicht mehr zurück, und ich merkte es lange nicht, ich hielt ihn weiter für den Herrn Hauptkommissar, der seine Arbeit so gut erledigte wie ich, und ich sah ihn dünner und grauer werden und dachte tatsächlich, er brauche nur Urlaub oder eine schöne Partnerin.

Vom Ausschank in der grünen Holzbude bewegte er sich erst gar nicht weg, er trank das Halbliterglas in zwei Schlucken leer.

»Entschuldigen Sie«, sagte wieder jemand, und ich erinnerte mich an das erste Mal und drehte mich halb zur Seite. Es war wie eine Erscheinung, wie ein schrecklicher Zeitsprung. Vor mir stand Martin Heuer im Alter von fünfundsiebzig Jahren.

»Mir ist was eingefallen«, sagte der dürre alte Mann mit dem knochigen Gesicht, den aufgequollenen Tränensäcken und dem graubraunen Haarkranz auf dem schweißnassen Kopf. Er hatte einen braunen, fusseligen Pullover, eine schwarze, ausgefranste Hose und Sandalen an und hielt einen Baumwollbeutel zusammengerollt in den Händen.

»Ja?«, sagte ich und sah ihm in die Augen, die grau und wässrig waren.

»Den Mann hab ich gesehen, kann sein, auf dem Foto den.«

Ich nahm das Bild aus der Hemdtasche und zeigte es ihm.

»Diesen Mann?«

Er tippte auf das Papier. »Der ist da gestanden, vorn, und ich bin ... hab den nicht gesehen, bin reingerennt in den, unabsichtlich!«

»Wie heißen Sie?«, sagte ich.

»Ich bin der Franze.«

»Mein Name ist Tabor Süden.«

»Da vorn«, sagte Franze und hob beide Arme, deutete mit dem verschmutzten Beutel in Richtung einer Metzgerei.

»Wir gehen hin«, sagte ich.

Wortlos, geduckt, den Beutel an den Bauch gepresst, führte er mich zu der Stelle, unmittelbar neben dem dreistrahligen Brunnen mit der bronzenen Elise Aulinger.

»Da, ich bin von da gekommen, er ist da gestanden, ich hab nicht aufgepasst, er hat mich angeschaut, weil er erschrocken ist, ich auch, saudumm, schaut und dann geht er. Dahin. Ich hab den aus Versehen angerempelt, den Mann.«

Nach Franzes Angaben hatte Korbinian die Straße, die am Markt entlangführte, zwischen Schlemmermeyer und Müller überquert und war entweder die leichte Anhöhe zu St. Peter hinauf oder nach rechts weiter ins Tal gegangen.

»Ich hab nicht aufgepasst«, sagte Franze. »Er ist da vor, das weiß ich sicher, ziemlich sicher, und ich bin dann auch weiter, er ist da gestanden, da, wo wir jetzt stehen, genau da, und hat geschaut. Ich glaub da rüber.«

»Zur Straße hin«, sagte ich. »Wissen Sie noch, was der Mann angehabt hat?«

»Kann ich mich nicht erinnern.«

»Hatte er ein blaues Hemd an?«

Franze runzelte die Stirn und starrte das Kopfsteinpflaster an, mit offenbar geradezu zorniger Konzentration.

»Das stimmt!«, sagte er. »Ein blaues Hemd. Das stimmt!«

»Hatte er einen Hut auf?«, sagte ich. »Einen Strohhut?«
»Ich glaub schon«, sagte Franze und schluckte und schürzte die Lippen. »Was man alles nicht sieht, obwohl man hinschaut, gell?«
»Ja«, sagte ich.
Franze schniefte. Er sah mich fragend an, und ich überlegte, ob ich ihn beleidigte, wenn ich ihm etwas Geld gab.
»Hat der Mann was gesagt?«
»Hat er nicht, ganz sicher. Ich hab mich entschuldigt. Weil ich ihn angerempelt hab. Er hat nichts gesagt.«
»Warum haben Sie ihn eigentlich angerempelt?« Die Frage rutschte mir so heraus.
»Ich seh schlecht«, sagte Franze. »Die Sonne hat mir direkt ins Gesicht gescheint, da seh ich noch weniger. Ich hab mich umgedreht, hier, weil wegen dem Wasser, das ist gutes Wasser in dem Brunnen, Trinkwasser. Ich zapf da immer was ab, das ist, glaub ich, erlaubt. Ist erlaubt, gell?«
»Unbedingt«, sagte ich und nahm einen Zehneuroschein aus meinem Geldbeutel. »Danke, dass Sie so aufmerksam waren, Franze.«
»Das nehm ich nicht, das geht nicht.«
»Das geht schon, nehmen Sies. Ist ein Geschenk.«
»Vielen Dank, der Herr.« Wie aus Höflichkeit betrachtete er den Schein, faltete ihn zusammen, während er weiter den Beutel festhielt, und versteckte ihn in der Faust.
»Wiedersehen, der Herr«, sagte Franze.
»Auf Wiedersehen.«
Er rührte sich nicht von der Stelle, krallte die Finger in

den Baumwollbeutel, warf vorsichtige Blicke zum Brunnen, vor dem ich stand.
Ich machte einen Schritt zur Seite. »Frisches Wasser?«
Mit dem Geldschein in der Faust, holte er eine eingedellte Plastikflasche aus dem Beutel, schraubte sie auf und ließ Wasser hineinlaufen. Ich sah ihm nicht dabei zu, sondern vor zur Straße, ich stellte mir Korbinians Blick vor.
Franze packte die Flasche ein. »Noch mal Wiedersehen, der Herr.«
»Auf Wiedersehen.«
Nach ein paar Metern drehte er sich noch einmal um, ich nickte ihm zu, und er schlurfte weiter, verschwand im Gewühl.
Ich stellte mich, vielleicht wie Korbinian, neben den rechteckigen Steinbrunnen und schaute wieder zur Straße. Da waren die Metzgereien in der Backsteinzeile unterhalb der Terrasse des Rischart-Cafés, die Bäckereiläden, im Hintergrund der Turm des Alten Peter, Passanten, Touristen, Taxis. Ein blauer Linienbus kam die Straße entlang, die für Personenwagen gesperrt war, Fahrradfahrer klingelten, vornübergebeugt bissen Leute von Thüringer Rostbratwürsten ab, andere knabberten an Essiggurken. An weißen Plastiktischen auf dem gegenüberliegenden Bürgersteig aßen Frauen Kuchen oder Gemüsestrudel. Was hatte Cölestin Korbinian von dieser Stelle aus beobachtet? Warum hatte er sich von Magnus Horch Hals über Kopf verabschiedet, um dann nur wenige Meter weiter stehen zu bleiben? Hatte er jemanden zufällig gesehen und daraufhin beobachtet?

Als ich mich umdrehte, kam Martin aus der Menge der umherschlendernden Marktbesucher auf mich zu. Auf seiner Knollennase prangten dunkelrote und bläuliche Adern. Er rauchte und schien sich wohl zu fühlen. Ich war mir sicher, er hatte ein zweites schnelles Helles getrunken.
»Wie war der Saft?«, fragte er.
»Ich bin noch nicht dazu gekommen«, sagte ich und berichtete ihm von der Begegnung mit Franze.
»Morgen ist das Foto in der Zeitung«, sagte Martin.
Auf die Veröffentlichung setzten wir unsere ganze Hoffnung, da es uns nicht gelang, eine weitere konkrete Spur zu finden. Auch die Verkäufer und Angestellten in den Geschäften gegenüber dem Markt und an den Ausläufern der Fußgängerzone erkannten den Mann auf dem Foto nicht wieder. Und dabei hatte sich Korbinian regelmäßig in dieser Ecke der Stadt aufgehalten, er war Stammgast im Biergarten des Viktualienmarktes, bestimmt hatte er allein oder gemeinsam mit seiner Frau in einigen der Läden oder an dem einen oder anderen Stand eingekauft, jemand musste ihn kennen.
»Ein Unsichtbarer«, wiederholte Martin auf dem Rückweg ins Dezernat.

Am nächsten Morgen, Samstag, sechster Juli, klingelte das Telefon in meiner Wohnung. Sonja stieß einen Fluch aus und ich küsste sie auf den Nacken und sie fluchte sanftmütiger.
»Tut mir Leid, dass ich dich störe.«

»Hast du Bereitschaftsdienst?«, sagte ich in den Hörer.
»Leider, ist überhaupt nichts los. Aber gerade hat jemand angerufen, und ich glaub, das ist wichtig. Eine Frau. Sie sagt, sie ist eine Freundin von Cölestin Korbinian. Sie hat das Foto in der Zeitung gesehen, sie macht sich große Sorgen, hat sie gesagt.«
»Wie heißt die Frau?«
»Annegret Marin. Hast du den Namen schon mal gehört?«
»Nein«, sagte ich. »Ruf sie bitte an und sag ihr, ich bin in einer Stunde bei ihr.«
»War richtig, dass ich dich geweckt hab, oder?«, sagte Freya Epp.
»Unbedingt«, sagte ich.
Richtig war auch, anschließend die wieder nackt und deckenlos in meinem Bett eingeschlafene Sonja zu wecken, denn jetzt pressierte es.

5 In beigen Shorts und einem rotweiß gestreiften Bikinioberteil servierte sie heißen Kaffee und Croissants, goss kohlensäurefreies Mineralwasser in zwei Gläser, setzte sich in den Korbstuhl mir gegenüber und schlug die braun gebrannten Beine übereinander, einen lauernden Ausdruck im Gesicht. Ich sah sie an und schwieg. Seit unserer Begrüßung hatte ich kaum etwas gesagt, nur ja zum Kaffee und erfolglos nein zum Wasser und auf ihre Bemerkung hin, sie habe die Hörnchen extra für mich noch schnell besorgt, ein dürftiges Danke. Es war nicht meine Aufgabe zu sprechen, bei diesem Vermisstenfall hatte ich, wie ich fand, schon genug geredet, hatte gegen meine Gewohnheit ständig Fragen gestellt und zu wenig Stille zugelassen, zu wenig Zwischenräume.

Bei jeder Bewegung knirschte der Korbstuhl, in dem ich auf einem weichen blauen Kissen saß, also beugte ich mich nicht mehr vor, um nach der Kaffeetasse zu greifen. Sogar das quirlige, unaufhörliche Singen der Vögel, die in der Eiche vor dem Haus möglicherweise ein gigantisches Bardentreffen abhielten, fing an, mich zu stören, genau wie der Blick von Annegret Marin. Nach jedem Schluck Milchkaffee hielt sie die weiße henkellose Schale eine Minute an den Mund, sah mich herausfordernd an und setzte die Schale dann mit einem flüchtigen Grinsen ab. Vielleicht bereute sie, im Dezernat angerufen oder extra wegen mir Croissants gekauft zu haben.

Wir saßen auf einem Balkon im dritten Stock. Von der Kunigundenstraße drangen Stimmen von Kindern und Frauen herauf, vor jedem Haus wuchsen Bäume oder Sträucher, und Efeu rankte sich die Wände empor. In dieser sorgfältig begrünten Wohngegend östlich der Ungererstraße lebten in teilweise renovierten Altbauten überwiegend mittlere bis höhere Angestellte, Selbstständige und in den Medien oder künstlerisch tätige Freiberufler, meist Familien mit Kindern oder unverheiratete Paare, umwelt- und ernährungsbewusst – an die Bäckerei neben der homöopathischen Apotheke war ein Naturkostladen angegliedert. Annegret Marin gehörte zur Minderheit dieser Nordschwabinger, sie war unverheiratet und lebte allein.
»Wieso fragen Sie mich nicht, ob ich ein Verhältnis mit Cölestin Korbinian hab?«, sagte sie.
»Hernach«, sagte ich.
»Sind Sie Bayer?«, sagte sie.
Ich sagte: »Ich bin hier geboren.«
»In München.«
»Auf dem Land.«
»Wo genau?«
»In Taging.«
»Kenn ich!«, sagte sie. »Ich fahr manchmal hin und schwimm im See, sehr schön ist es dort.«
Ich schwieg.
Sie hob die Tasse an die Lippen, musterte mich und stellte die Tasse wieder auf den Tisch. »Ungewöhnlich lange Haare haben Sie, für einen von der Polizei.«

»Ja«, sagte ich.

»Haben Sie vergessen, sich zu rasieren?«, sagte sie mit einem schnellen, vielleicht nett gemeinten Grinsen.

»Nein«, sagte ich.

Nach einer Weile – sie schlug zweimal die Beine übereinander, rückte auf dem knarzenden Korbstuhl hin und her und stützte die Arme auf der Lehne ab – wandte sie sich mit einem entschiedenen Ruck zu mir. »Haben Sie was gegen mich?«

Ich sah ihr eine Weile in die Augen.

»Natürlich nicht«, sagte ich.

»Sind Sie überhaupt für diesen Fall zuständig?«

»Ich bin der Sachbearbeiter, ich bin dafür zuständig, Cölestin Korbinian wiederzufinden. Und Sie wissen, wo er ist.«

»Nein!«, sagte sie, lehnte sich zurück, drehte mehrmals den Kopf zu mir und wieder weg, als bringe sie mein Anblick aus dem Konzept. »Deswegen hab ich Sie doch angerufen! Was wollen Sie die ganze Zeit von mir? Ich hab Sie angerufen, ich will Ihnen helfen! Bin ich die Einzige, die auf das Foto hin angerufen hat?«

»Bisher schon«, sagte ich.

»Das kann doch nicht sein!« Sie sah mich an, ihr Gesicht war gerötet, und ihre kurzen schwarzen Haare sahen auf einmal zerwühlt aus, obwohl ihre Hände nach wie vor die Stuhllehnen umklammerten.

»Erzählen Sie mir von ihm!«, sagte ich. »Beschreiben Sie, was er für ein Typ ist!«

»Sie waren doch bei seiner Frau, oder nicht?«, sagte sie

ungehalten. »Sie wissen doch, was er für ein Typ ist! Ist das hier ein Verhör?«

»Bei uns gibt es keine Verhöre.«

»Was denn dann? Talkshows?«

»Vernehmungen«, sagte ich.

»Wortklauberei!«, sagte sie.

Ich schwieg. Dann hatte ich Lust auf Kaffee, und der Stuhl knarzte.

»Da bist du ja, komm, komm zu mir!«, sagte Annegret Marin.

Aus dem Wohnzimmer torkelte oder wankte oder schwankte ein graubrauner Mischlingshund mit zerschlissenem, abstehendem Fell und zittrigen dürren Beinen. Er wirkte, als habe er die Nacht in einer laufenden Waschmaschine verbracht. Sein Kopf zuckte und ruckte, und jeder Schritt schien ihm größte Mühe zu bereiten.

»Hier bin ich, Nero, komm hierher!« Sie beugte sich nach vorn und hievte das strubbelige Bündel auf ihren Schoß. »Das ist Nero. Und das ist Herr Süden, Nero, er ist von der Polizei und macht keine Verhöre, nur Vernehmungen.« Sie drehte den Hund in meine Richtung. Er machte einen erbarmungswürdigen Eindruck, und es war unübersehbar, dieser Nero würde niemals in seinem Leben Hundehütten abfackeln.

»Er ist blind«, sagte Annegret Marin. »Er ist alt und krank. Aber zu Cölestin hat er absolutes Vertrauen, mit ihm geht er sogar raus, nur mit ihm. Mit mir nicht, ich krieg ihn nicht aus der Wohnung.« Sie kraulte den Hund hinter den Ohren, er gab keinen Laut von sich, schlot-

terte, und wenn ich mich nicht täuschte, tränten seine Augen.
»Korbinian ist mit ihm Gassi gegangen«, sagte ich.
»Das letzte Mal am Mittwoch«, sagte sie. »Obwohl er es erst vergessen hatte, das war noch nie vorgekommen! Er hat mich ganz aufgelöst angerufen und sich entschuldigt, er war völlig außer sich, so hab ich ihn noch nie erlebt.«
»Wann am Mittwoch hat er Sie angerufen?«
»Mittags, gegen halb zwei. Um eins wollte er eigentlich schon da sein.«
Ich hatte meinen kleinen karierten Spiralblock aus der Hemdtasche gezogen und machte mir Notizen.
»Ich hab auf ihn gewartet«, sagte Annegret Marin. »Eigentlich hätt ich längst in Gern sein müssen, wir hatten da einen Auftrag bei einem Architekten, Einweihungsfeier, ich hab eine Cateringagentur.«
»Sie liefern Essen für Feste«, sagte ich.
»Nicht direkt, ich hab drei Teams unter Vertrag, unterschiedliche Leute, die einen sind auf Sushi und asiatisches Fingerfood spezialisiert, die anderen kochen bayerisch, die dritten sind die absoluten Pastakönige. Die vermittele ich, ich kenn die Köche, die Helfer, da versteht jeder sein Handwerk. Aber sie haben halt kein Interesse, sich zu vermarkten, das kriegen sie nicht hin, sie wollen kochen und servieren und sonst nichts, also erledige ich den Rest. Hat sich bewährt, meine Adresse wird von den Kunden weitergegeben, wir sind auch nicht übermäßig teuer, und wir versorgen kleine Gruppen genauso wie

große, einmal hatten wir zweihundertfünfzig Gäste, totale Sushifreaks, das war schon eine Herausforderung. Ich hab dann noch die Serviceleute von meinen Pastakönigen dazugenommen, dann gings. Hast du Hunger, Nero? Jetzt hast du so lange geschlafen. Ich mach dir gleich was zurecht.«
»Haben Sie Korbinian bei einem Cateringauftrag kennen gelernt?«, sagte ich.
»Genau. Die hatten ein hausinternes Jubiläum, hab vergessen, welches, fünfundzwanzig Jahre Post in der Fraunhoferstraße oder so. Oder dreißig, weiß ich nicht mehr. Da hab ich ihn kennen gelernt, genau.«
»In Gegenwart seiner Frau«, sagte ich.
»Sie war da, aber ich hab nicht mit ihr gesprochen.«
»Und seitdem führt er Ihren Hund aus.«
»Das macht er seit einem halben Jahr.«
Sie strich dem Hund durchs Fell, und seine Beine zuckten, und er stieß einen leisen, heiseren Seufzer aus.
»Sie haben sich regelmäßig getroffen«, sagte ich.
»Einmal die Woche, Freitagnachmittag, zwischen halb drei und halb fünf.«
»Immer zur selben Zeit.«
»Exakt. Da hatte er frei, Überstundenabbau, wir haben uns unten an der Isar getroffen, praktisch bei jedem Wetter, auch im Winter, wenns geschneit hat.«
Sie sah mich an, kraulte den erledigten Nero und lehnte sich vorsichtig zurück, darauf bedacht, den Hund, der in ihrem Schoß wieder eingeschlafen war, nicht zu wecken.
»Und niemand sonst weiß von diesen Treffen«, sagte ich.

»Seine Frau etwa! Natürlich weiß niemand davon. Das ist ein Geheimnis, und es ist mir nicht recht, dass ich davon erzählen muss, ich tu das nur, weil ich mich echt sorge. In der Zeitung steht, er ist seit Mittwochnacht verschwunden. Das versteh ich nicht. Am Mittwochnachmittag war er hier, er war mit Nero draußen, dann hat er ihn zurückgebracht und ist wieder gegangen. Wie immer. Und zwar nach Hause. Wieso ist es da nicht angekommen?«
»Er hat einen Schlüssel für Ihre Wohnung«, sagte ich.
»Nein. Er wollte keinen, wahrscheinlich hat er befürchtet, seine Frau könnte ihn finden. Und meistens bin ich ja da, wenn er kommt. Wenn ich nicht da bin, geb ich ihn beim Bäcker vorn ab, und Cölestin hinterlegt ihn dort wieder.«
»Auch am Mittwoch«, sagte ich.
»Es war alles wie immer. Was mag bloß passiert sein?«
Ich schwieg.
Sie strich sich über die Stirn.
Nach einer Weile sagte sie: »Wir haben kein Verhältnis, wir haben nie zusammen geschlafen. Er wollts nicht, am Anfang haben wir uns geküsst, aber ich hab schnell gemerkt, dass es ihm nicht um Sex geht, das ist okay, ich bin gern mit ihm zusammen, ist manchmal etwas merkwürdig, weil er nichts sagt ... Fast so wie Sie. Wir treffen uns, und er schaut der Isar beim Fließen zu. Wir gehen dann meistens eine halbe Stunde spazieren, setzen uns am Hochufer auf eine Bank, und das ist alles. Mir tut das gut. Ich schalt ab, ich komm echt zur Ruhe, hätt ich nicht gedacht, mal solche Rendezvous zu haben. Ein paarmal hab ich ihn geküsst, da ist er fast erschrocken, aber dann

hat er mich auch geküsst. Wie die Teenager. Der Mann ist fünfzig, und ich bin auch schon einundvierzig. Der ist schon ein seltenes Exemplar von Mann.«
»Haben Sie ihn gefragt, ob er mit Ihnen schlafen will?«
»Er wollts nicht, sag ich doch.«
»Hat er einen Grund genannt?«
»Ja«, sagte Annegret Marin. »Er hat gesagt, er ist verheiratet. Da hab ich gesagt, das weiß ich, aber wenn er mich heimlich trifft, betrügt er doch seine Frau sowieso schon irgendwie. Er sagte, das wär kein Fremdgehen, Fremdgehen wär was ganz anderes, das hat er ein paarmal betont. Dass Fremdgehen was ganz anderes wär.«
»Er hat es nicht genauer erklärt.«
»Hat er nicht.«
»Wenn er gesprochen hat, worüber dann?«, sagte ich.
»Über nichts Besonderes, über die Arbeit, über den Alltag, übers Alleinsein.«
»Übers Alleinsein«, sagte ich.
»Alleinsein! Ich hab ihn gefragt, ob er spinnt? Er hat eine Ehefrau, eine heimliche Freundin, einen festen Job, bei dem er täglich Leute und Kollegen trifft. Ich hab ihn gefragt, wann ausgerechnet er allein sein soll.«
»Was hat er geantwortet?«
»Dauernd, hat er gesagt. Allen Ernstes. Dauernd. Er sei dauernd allein, immer schon. Hat er gesagt. Ich hab ihn gefragt, ob er da nicht was verwechselt. Was weiß der vom Alleinsein? So ein behütetes und geordnetes Leben möcht ich mal haben! Alleinsein! Ich hätt mich fast gestritten mit ihm deswegen.«

Für den türkischen Verkäufer im Naturkostladen hatte Cölestin Korbinian kein Gesicht. Er habe, sagte der junge Mann, gerade Kunden bedient und gar nicht richtig hingesehen. Frau Marin, von der er bisher nur den Vornamen gekannt hatte, habe regelmäßig bei ihm eingekauft, selbstverständlich habe er gern ihren Schlüssel verwahrt, und der Mann mit dem Strohhut habe diesen auch wieder zurückgebracht, gegen halb vier, aber sicher sei er sich nicht. Ich kaufte zwei Brezen und aß eine auf, während ich vor dem Geschäft schreienden Kindern und ziemlich unentspannten jungen Müttern bei ihren Erziehungsversuchen zuhörte. Ein etwa vierjähriges Mädchen mit einer roten Sonnenbrille im blonden Haar schaute mir zu, wie ich meine Breze kaute, die vielleicht aus biologischen Gründen sehr trocken und so gut wie ungesalzen war. Ohne auf die Ermahnungen ihrer Mutter zu reagieren, ahmte das Mädchen meine Kaubewegungen nach und grinste.

»Möchtest du eine Breze?«, sagte ich.

Abrupt hörte das Kind auf, mich nachzumachen. Ich nahm die zweite Breze aus der Tüte und hielt sie dem Mädchen hin.

»Schenke ich dir.«

Das Mädchen streckte den Arm aus.

»Du isst jetzt nichts!«, sagte die Mutter, eine Frau Anfang dreißig, die wie ihre Tochter eine rote Sonnenbrille im blonden Haar trug.

»Doch«, sagte das Kind.

»Nein, Sidonie!«, sagte die Mutter. Sie sprach die beiden

letzten Buchstaben des Namens getrennt aus. Der Streit zwischen den beiden hatte damit begonnen, dass Sidonie sich weigerte, beim Fahrradfahren ihren Helm aufzusetzen, den sie auf den Boden geworfen hatte.

»Breze!«, sagte das Mädchen.

»Nein!«, sagte ihre Mutter und packte den Arm der Tochter, die sofort zu kreischen begann.

»Kennen Sie diesen Mann?«, sagte ich und zeigte der Frau Korbinians Foto.

Sie warf einen kurzen Blick darauf. »Nein. Wer sind Sie?«

»Tabor Süden, Kriminalpolizei, Vermisstenstelle, wir suchen diesen Mann.«

»Ich kenn ihn nicht.«

»Er hat manchmal hier in der Straße einen Hund ausgeführt.«

»Da ist er nicht der Einzige«, sagte die Frau und zog am Arm ihrer Tochter, was in deren Kopf einen raffinierten Kreischmechanismus anzukurbeln schien. Andere Kinder blieben stehen und hörten interessiert zu.

»Das ist der Hund von Frau Marin«, sagte ich.

»Der blinde Hund!«

»Was für ein blinder Hund, Mama?«, sagte Sidonie und hörte schlagartig auf zu kreischen.

»Der Nero von Annegret«, sagte die Frau.

»Der Nero«, wiederholte das Mädchen und seufzte, als bedauere sie das Schicksal des gebeutelten Hundes.

»Das ist der Mann, der heut in der Zeitung ist«, sagte die Frau.

»Ja. Er war am Mittwoch hier und ist mit dem Hund spazieren gegangen.«
»Ich hab ihn nicht gesehen. Wir müssen jetzt los.«
Als ich die Kunigundenstraße erreichte, hörte ich, wie Sidonie Helmlos wieder loskreischte.
Niemand in den angrenzenden Straßen hatte den Postler gesehen, niemand erinnerte sich an einen Mann mit Strohhut und in einem blauen Hemd. Im Gasthaus, das direkt am Schwabinger Bach lag, fragte ich die Kellnerinnen und die ersten Biergartengäste nach ihm, erfolglos. Im gesamten Karree zwischen Ungererstraße, dem Isarring und der Dietlindenstraße hielt kein einziger der ungefähr fünfzig Passanten, die ich befragte, eine Begegnung auch nur für möglich. Zeitweise dachte ich, sie wollten einfach nichts mit Korbinian zu tun haben.
Von einer Telefonzelle aus rief ich im Dezernat an, um mich zu erkundigen, ob sich auf das Foto in der Zeitung hin weitere Zeugen gemeldet hätten.
»Du musst sofort kommen«, sagte Freya Epp. »Auf Martin ist geschossen worden.«

6

Als er mir die Tür öffnete, roch ich sofort den Alkohol aus seinem Mund, und als ich ihn umarmte, hatte ich den Eindruck, sogar sein Nacken dünstete den Rauch der Salems aus. Mit bleichem Gesicht und unsicheren Schritten ging Martin Heuer vor mir her in sein Wohnzimmer. Auf dem Tisch standen vier volle Bierflaschen und eine angebrochene Wodkaflasche, daneben lagen fünf noch verschlossene grüne Packungen Zigaretten und einzelne Streichhölzer, unter dem Tisch hatte er drei leere Flaschen deponiert. Wortlos hob er den Arm und ließ sich in den beigen Stoffsessel fallen, den er besaß, seit wir unsere ersten Kommissarsausweise erhalten hatten.

Auf seinem steinfarbenen Gesicht regte sich kein Muskel, die dünnen Haare klebten ihm vor Schweiß auf dem Kopf, in seinem ausgewaschenen blassgrünen T-Shirt und der ausgebleichten, ehemals roten Jeans wirkte er noch dürrer als sonst, und wie fast immer, wenn ich ihn besuchte, war er barfuß. Ich zog meine Jacke aus und setzte mich auf die schwarze Ledercouch und sackte nach unten, was nicht nur mit meinem Gewicht zusammenhing. Martins Einrichtungsgegenstände erreichten allmählich einen antiquarischen Status.

Ich hatte keine Lust zu trinken, aber ich trank trotzdem. Beim ersten Schluck sagte Martin mit heiserer Stimme: »Möge es nützen!« Das sagte er, seitdem er irgendwo gelesen hatte, dies sei die Übersetzung von Prosit.

»Möge es nützen!«, erwiderte ich und stellte die Flasche zurück auf den Tisch. Alle vier Flaschen waren bereits geöffnet.

Nach dem Vorfall hatte Martin jede medizinische Hilfe abgelehnt. Kollegen von der Streife hatten ihn ins Dezernat gebracht, wo sich dessen Leiter, Karl Funkel, mit dem Martin und ich befreundet waren, sowie Volker Thon und Sonja Feyerabend um ihn kümmerten. Sie kochten ihm Tee, ließen ihn nicht allein. Beruhigungstabletten und ein Gespräch mit dem Polizeipsychologen lehnte er ab. Obwohl er kaum in der Lage war, ein Wort herauszubringen, gelang es ihm, den Tathergang zu rekonstruieren und anschließend ein Protokoll zu verfassen. In der Zwischenzeit riefen die ersten Reporter an, die von dem Zwischenfall in dem Neuhauser Kaufhaus erfahren hatten, und Funkel beraumte kurzfristig eine Pressekonferenz an, um den Realitätsgehalt der Meldungen halbwegs zu kontrollieren. Schon fragten einige Journalisten am Telefon, ob es sich womöglich um den terroristischen Anschlag eines Selbstmordattentäters gehandelt habe, zumal ein stark besuchtes Kaufhaus am Samstagmittag ein ideales Ziel darstelle.

Doch der Mann, der geschossen hatte, war kein Terrorist, er war ein heruntergekommener verzweifelter Popmusiker, ein Exstar, hoch verschuldet, alkoholsüchtig, wegen Einbruchdiebstahls und Körperverletzung vorbestraft, der dabei erwischt worden war, wie er Unterwäsche stehlen wollte. Kein Geld, keinen Alkohol, sondern Unterhosen und ein Paar Socken. Beim Anblick des Mannes, der sich ihm in den Weg stellte und einen Polizeiausweis hochhielt, zog er eine Pistole und drückte sofort ab. Der Schuss ging in die Wand, vor Schreck ließ der Täter die Waffe fallen, stieß Martin zu Boden und rannte die Rolltreppe hinunter. Leute schrien, einige riefen »Ein Anschlag!«, und manche dachten, Martin sei tödlich verletzt worden, weil er reglos am Boden lag. Eine halbe Stunde später verhafteten meine Kollegen den Täter in seiner Wohnung, Zeugen hatten ihn wiedererkannt. Allerdings ging der Musiker zunächst mit einem Messer auf die Polizisten los, weswegen einer von ihnen gezwungen war zu schießen. Die Kugel traf den Angreifer in die Brust. Nach Aussage des zuständigen Chirurgen hatte der Musiker sehr viel Glück gehabt und war nach der Operation außer Lebensgefahr.

Der Vorfall erinnerte Funkel an jene Nacht vor vielen Jahren, als er noch im Außendienst arbeitete und gemeinsam mit einem Kollegen einen Mann kontrollierte, den sie aus der Drogen- und Dealerszene rund um den Hauptbahnhof kannten. Und aus einem Grund, der Funkel bis heute ein Rätsel geblieben war, bemerkte er die Handbewegung des Verdächtigen zu spät, obwohl sie im Schein einer Straßenlampe standen und nichts und niemand sonst ihre Aufmerksamkeit in Anspruch nahm. Das Messer zerstörte Funkels linkes Auge. Angeblich konnte sich der zugedröhnte Täter hinterher an nichts erinnern. Nach einer vierstündigen Operation stand fest, dass Funkel auf dem linken Auge blind sein würde. Da er kurz vor der Beförderung zum Kriminaloberrat gestanden hatte,

entschied der Innenminister, ihn trotz seiner schweren Behinderung im Dienst zu belassen, er übertrug ihm sogar die Leitung des Dezernats 11. So wurde und blieb Karl Funkel der einzige Kriminalist Deutschlands, der eine schwarze Augenklappe trug. Und wäre nicht zufällig unmittelbar nach der Attacke ein Sanitätsauto vor dem Bahnhof aufgetaucht, hätte, so erklärte uns der behandelnde Arzt hinterher, die Gefahr einer Verblutung bestanden.
»Soll ich eine Suppe kochen?«, sagte ich.
Martin starrte wie schon die ganze Zeit lange vor sich hin. Dann sah er mich mit einem Ausdruck vollkommenen Unverständnisses an.
»Was für Suppe?«, sagte er.
»Willst du dich nicht ins Bett legen?«, sagte ich.
Wieder benötigte er mehrere innere Anläufe für eine Antwort. »Hab ich versucht. Ich fall sofort runter. Ich krieg keine Luft vor lauter Runterfallen. Wie wenn ich aus einem Flugzeug springen würd, ohne Schirm.«
Wir schwiegen.
Martin beugte sich zur Seite und holte eine Schachtel Salem vom Tisch, steckte sich eine Filterlose in den Mund und sackte erschöpft in sich zusammen. Die Packung fiel ihm aus der Hand, zwischen seine nackten Füße.
»Er hätt treffen sollen«, sagte er. »Hätt ich ihm nicht übel genommen. Was gehen mich seine Unterhosen an?«

Er war, nachdem er das Dezernat verlassen und darauf bestanden hatte, dass niemand ihn begleitete, mit der

Straßenbahn zuerst zu meiner Wohnung gefahren. Aber ich war bereits zu Annegret Marin unterwegs gewesen und Sonja wieder bei sich zu Hause. Er habe, gestand er mir später, nur einmal kurz geklingelt, wahrscheinlich hätte ich sowieso nicht geöffnet, weil ich ja nie öffnen würde, wenn es klingelte.
Nein.
Bestimmt hätte ich vom Treppenhausfenster im dritten Stock nachgesehen, wer unten stand. Auch hätte ich ihn zu Annegret Marin mitnehmen sollen, wir waren beide mit dem Fall beschäftigt.
Manchmal denke ich, die Dinge, die dann später passierten, hatten ihren Ursprung in der Herrenabteilung des Kaufhauses am Rotkreuzplatz.
Manchmal denke ich, wenn ich ihn am Morgen mitgenommen hätte, wäre sein Leben anders verlaufen, das Leben, das danach kam, das erbarmungslose Leben.
In der Stille dieses Winters bitte ich ihn um Verzeihung. Ich gebe mich dieser lächerlichen Vorstellung hin, weil ich die leere Wand dann besser ertrage. Die Wände in diesem Hotelzimmer sind nicht gelb wie die meines Zimmers in der Deisenhofenerstraße, wo ich damals Sonja geliebt und Martin beherbergt habe.
Tatsächlich war es mir gelungen, ihn zu überreden, einige Tage bei mir zu wohnen. Er schlief auf der ausziehbaren Couch in dem kleinen Zimmer, das ich sonst nur zum Lesen betrat.
Da wohnten wir, obwohl wir unser ganzes bisheriges Leben miteinander verbracht hatten, zum ersten Mal unter

einem Dach. Und zum letzten Mal. Und Sonja hatte mich mit angezorntem Unterton gefragt, wieso ich währenddessen nicht bei ihr übernachtete.

»Ich kann ihn nicht allein lassen«, sagte ich.
»Warum denn nicht?«
»Er braucht jemanden zum Reden.«
»Er redet doch gar nicht. Und du auch nicht.«
Ich schwieg.
Wir standen im türkischen Café im Erdgeschoß des Dezernats, sahen hinaus zu den Passanten und Straßenbahnen und Autos, tranken schwarzen Kaffee und bildeten ein stures Duett.
»Du hast erst ein einziges Mal bei mir übernachtet«, sagte Sonja.
»Ja«, sagte ich.
»Wie ein Mann mit vierundvierzig Jahren so eingefahren sein kann!«
Eine Woche nach diesem Gespräch, es war Samstagnachmittag, und wir hatten zusammen geschlafen, fragte Sonja: »Wie lange bleibt er noch bei dir?«
»Er ist heute Nacht weg«, sagte ich.
»Warum hast du mir das nicht erzählt?«
»Ich hätte es noch getan«, sagte ich.
»Und wo ist er jetzt?«
Nach dem Vorfall im Kaufhaus hatte Volker Thon Martin zwei Wochen frei gegeben.
»Ich weiß es nicht.«
»Du willst es mir nicht sagen.«

»Ich weiß es wirklich nicht.«
»Und wo, glaubst du, ist er?«
»Unterwegs«, sagte ich. »Draußen und unterwegs.«

So hatten wir uns das große Leben ausgemalt: Unterwegs und draußen. Ohne Idee von der Zukunft, jedenfalls von einer umrandeten Zukunft, in deren Mitte unsere Existenz wurzelte. Wir gingen zur Schule, wir besuchten das Gymnasium, wir strebten das Abitur an, wir bemühten uns um gute Noten, wir durchliefen die Pubertät, und unser Verhalten nahm erwachsene Züge an. Erstaunt sahen wir uns zu. Martins Eltern erwarteten von ihrem Sohn, dass er eine solide Ausbildung absolvierte, ein Studium, einen Abschluss machte, der ihn in eine Bank, wie seinen Vater, oder in eine Apotheke, wie früher seine Mutter, führen würde, erreichbare Ziele, und wenn die Rede darauf kam, widersprach Martin nie und präsentierte auch keine eigenen Vorschläge. Meine Mutter war tot und mein Vater verschwunden und meine Zieheltern, mein Onkel Willibald und meine Tante Lisbeth, die Schwester meiner Mutter, rechneten im Stillen damit, ich würde wie mein Vater Ingenieur werden und mein Leben in der örtlichen Maschinenbaufabrik verbringen. Das hätte ich nie getan. Aber was sonst?
In der Nähe des Dorfes, in dem wir aufwuchsen, gab es einen Hügel, an den sich ein Wald anschloss, und dessen Hänge und Lichtungen waren die Fernen unserer Zukunft. Hier verbrachten wir eine Zeit, die noch gar nicht begonnen hatte, wir spielten nicht Winnetou oder Robin

Hood oder Robinson und Freitag, hier spielten wir uns selbst außerhalb der gewöhnlichen Gegenwart. Wir aßen wilde Himbeeren und Erdbeeren, exotische Früchte, denn die, die wir sonst kannten, waren klebrig und süß und hatten unwirkliche Farben. Von einem Hochsitz aus beobachteten wir Rehe und Füchse, leibhaftige, lebhafte Wesen wie wir, die sich nicht einfangen und einengen und am Ende töten ließen. Dass wir nicht unsterblich waren, wussten wir – eine Klassenkameradin aus der Volksschule ertrank im Taginger See, einer unserer Freunde wurde von einem Auto überfahren, ein anderer erstickte mit seinem Vater in einem Silo –, aber wir wussten, dass wir erst sterben würden, wenn wir ein Leben gehabt hätten, ein für uns bestimmtes, einmaliges Leben. Und dies fand an den Hängen, in den Schluchten und auf den glitschigen Pfaden des Gibbonhügels statt, jeden Tag, auch wenn wir aus schulischen oder sonstigen Gründen verhindert waren, die Wirklichkeit dort wartete auf uns. Und wir, davon waren wir von unserem elften Lebensjahr an überzeugt, würden uns in diese Wirklichkeit hinein verwandeln, niemand würde uns daran hindern, sie würden es alle nicht einmal bemerken. Eines Tages wären wir verschwunden und hätten unser altes Leben abgelegt wie einen zerschlissenen Mantel oder einen unbrauchbar gewordenen Panzer, und nur manchmal, aus Übermut oder in einem Anflug von Erinnern, kehrten wir für kurze Zeit in die alten Häuser, zu den alten Gesichtern zurück, sprachen, wie man es von uns erwartete, und wunderten uns vielleicht, wie selbstverständlich wir uns noch immer zurechtfanden. Als ich sechzehn Jahre alt war und am zweiundzwanzigsten Dezember mein Vater spurlos verschwand und nur einen Brief zurückließ, der mich trösten sollte, hörte ich auf, in den Wald zu gehen, und Martin ebenso. Von einem Tag auf den anderen existierte unsere Zukunft nicht mehr, und wir waren selbst daran schuld, wir hätten uns früher für immer entscheiden müssen.

In den Nächten, die Martin Heuer in meiner Wohnung verbrachte, sprachen wir nur von jener Zeit und den wahren Männern, die wir damals waren, fünf große, atemvolle Nächte lang.

7

Am späten Nachmittag dieses Samstags, nach meiner Rückkehr von Martin Heuer ins Dezernat, beschäftigte ich mich mit den Hinweisen aus der Bevölkerung. Freya Epp hatte die Anrufe mitgeschrieben und abgetippt und sie der Akte mit der vorläufigen Vermisstenanzeige beigeheftet. Die Hinweise bezogen sich ohne Ausnahme auf Beobachtungen innerhalb der Stadt, was bedeutete, dass wir mögliche weitere Fahndungsmaßnahmen vorerst auf diesen Bereich beschränken und sie nicht auf andere Bundesländer oder das Ausland ausweiten würden. Bisher bearbeiteten nur wir von der Vermisstenstelle des Dezernats 11 die Akte Korbinian und noch nicht das für sämtliche Vermissungen in Bayern zuständige Landeskriminalamt. Sollten sich bis zum nächsten Morgen keine Anhaltspunkte auf den Aufenthaltsort des Gesuchten ergeben, würde ich eine offizielle Meldung ans LKA schicken. Die darin enthaltenen detaillierten Angaben über die Person, spezielle körperliche Merkmale und Verhaltensweisen würde dann mein Kollege Wieland Korn ins INPOL-System eingeben. Dieser innerpolizeiliche Rechner vernetzte die Informationen automatisch mit denen in der VERMI/ UTOT-Datei des Bundeskriminalamtes, um Übereinstimmungen mit bereits erfassten Daten von unbekannten Toten – oder Leichenteilen – und bisher unidentifizierten hilflosen Personen abzugleichen. Früher mussten wir, wenn wir nach zwei Monaten die Vermissung nicht geklärt hatten, eine erweiterte Meldung ans

LKA schicken, woraufhin Kollege Korn die rote Kopie ans BKA weitersandte und die gelbe zu den eigenen Akten legte, während die weiße Ausführung in unserer Dienststelle verblieb. Seit der Einführung der VERMI/UTOT-Datei und der Regelung, einigen Bundesländern – Bayern zählte nicht dazu – einen direkten Zugang zum BKA-Rechner zu ermöglichen, war der ewige Papierfluss zwischen unseren Behörden etwas abgeschwollen, allerdings nur unwesentlich.

Trotz elektronischer Kommunikation und computergesteuerten Fahndungsmethoden verbrachten wir unseren Alltag in einer Welt voller Schreibmaschinen, DIN-A4-Blätter, Durchschläge, Faxe und sogar Fernschreiben, und manche Kollegen, auch die jüngeren unter ihnen, waren gezwungen, ihre Protokolle und Anzeigen auf mechanischen Maschinen zu tippen, weil nicht genügend elektrische oder gar Computer, geschweige denn Laptops zur Verfügung standen. Bisweilen hegten wir den Verdacht, das Innenministerium konzentriere seine Sparmaßnahmen etwas zu einseitig auf unsere alte, schlecht isolierte, teilweise baufällige und räumlich arg beengte Dienststelle, die nicht einmal ein gesondertes Vernehmungszimmer vorzuweisen hatte.

Zumindest an den Wochenenden herrschte kein Geklapper in meinem Büro und meiner unmittelbaren Umgebung, vorausgesetzt natürlich, wir waren nicht mit einer Kindsvermissung beschäftigt.

»Ist was für dich dabei?«, fragte Freya Epp.

Sie hatte siebzehn Blätter angefertigt, für jeden Anrufer

eines, manche von ihnen hatten jedoch nichts weiter mitzuteilen, als dass sie den Mann in der Zeitung kannten, sie waren regelmäßig Kunden auf dem Postamt, in dem er arbeitete, oder in Geschäften aus der Umgebung angestellt, und er war Kunde bei ihnen. Ein Mann behauptete, er habe Korbinian am Vortag in der Heiliggeistkirche gesehen, wo dieser lange Zeit die Engelsfiguren neben dem Altar betrachtet habe, und zwar so lange und so unbeweglich, dass andere Besucher schon auf ihn aufmerksam geworden seien und Bemerkungen gemacht hätten. Nachdem der Zeuge nach eigener Aussage den Marienaltar im Seitenschiff bewundert habe, sei er noch einmal neugierig zum Hochaltar gegangen, doch der Engelmann, wie er ihn nannte, sei nicht mehr dort gestanden und auch nicht mehr, soweit er dies übersehen konnte, in der Kirche gewesen. Zwar könne der Zeuge sich nicht erinnern, ob der Mann einen Strohhut bei sich gehabt habe, getragen habe er ihn auf keinen Fall, doch das hellblaue Hemd sehe er noch genau vor sich, die Farbe habe irgendwie dem Blau auf einigen Heiligenbildern in der Kirche geähnelt.

»Das würd heißen, er ist tatsächlich bloß abgetaucht«, sagte Freya, deren Augen hinter den dicken Gläsern ihrer grünen Brille unwirklich groß wirkten. »Hast du Nummer fünfzehn gelesen?«

Nummer fünfzehn war die Aufzeichnung eines Anrufers, der Cölestin Korbinian ebenfalls am Vortag im »Sebastianseck«, einem griechischen Lokal nicht weit entfernt von der Heiliggeistkirche, gesehen haben wollte.

Die meisten der übrigen Anrufer hielt ich für Mitsprecher, Leute, die im schlimmsten Fall Trittbrettfahrer waren oder bloß Wichtigtuer, die sich regelmäßig bei uns meldeten, wenn wir um Mithilfe bei einer Fahndung baten, ohne jemals auch nur den geringsten Beitrag leisten zu können, und die meiner Einschätzung nach früher oder später in einer Nachmittagstalkshow landeten, wo sie vielleicht hingehörten.

Und dann hatte Freya noch den Anruf einer Frau aufgenommen, die im Haus der Kunst an der Kasse arbeitete und sich »ziemlich bis ganz sicher« war, wie sie sich ausdrückte, Korbinian am Vorabend im Foyer beobachtet zu haben, wie er mit dem Angestellten der Cafeteria gestritten habe. Worum es gegangen war, konnte sie nicht sagen, sie habe sich nur gewundert, weil dieser Angestellte, praktisch ein Kollege von ihr, den sie seit langem kenne, sonst nie laut werde oder mit Gästen streite. Sie habe dringend auf die Toilette müssen, und als sie zurückgekommen sei, habe sie den Vorfall vergessen gehabt, zumal sich kein einziger Gast mehr in der Vorhalle aufgehalten und der Angestellte bereits damit begonnen habe, die letzten Speisen aus der Vitrine zu räumen.

»Wir warten noch mit einer Meldung ans LKA«, sagte ich.
»Wie gehts Martin?«, fragte Freya.
»Nicht gut«, sagte ich.
»Warst du schon mal in so einer Situation?«
»Nein«, sagte ich.
»Aber du warst doch beim Mord früher.«

»Auf mich ist nie geschossen worden«, sagte ich. »Und ich selber habe auch nie geschossen. Die Schießübungen sind überflüssig, reine Munitionsverschwendung.«
»Das kannst du nicht wissen«, sagte Freya. »Als Polizist kannst du immer in eine kritische Situation kommen, wo du dich verteidigen musst, auch mit der Waffe.«
»Dann muss ich aber erst nach Hause laufen und die Pistole aus der Schublade holen«, sagte ich.
»Du hast sie nicht in deinem Büro?«, sagte die junge Oberkommissarin mit großen Augen.
»Sag es nicht weiter.«
»Du bist schon ein eigenartiger Polizist«, sagte sie.
»Ich rufe dich von unterwegs an.«
»Kauf dir doch endlich mal ein Handy!«
»Wozu denn?«
»Ist praktischer.«
»Ach was.«

Bevor ich das Lokal betrat, ging ich auf dem Bürgersteig ein paarmal auf und ab, dann auf der Straße zwischen den geparkten Autos und dem hohen Bretterzaun der Baustelle, die nie fertig wurde. Ich blieb vor dem Hotel »Blauer Bock« gegenüber dem griechischen Restaurant stehen, überblickte den St. Jakobsplatz und dachte daran, wie ich vor drei Tagen nur zweihundert Meter von hier entfernt genauso verwundert dagestanden hatte und mir keinen Reim auf das Verhalten eines Mannes machen konnte, der offenbar mitten unter uns spazieren ging, und zwar hauptsächlich in einem Radius von etwa einem

Kilometer um seine Wohnung, nicht gewillt dorthin zurückzukehren, ohne erkennbares Ziel, aus einem dunklen, unbegreiflichen Motiv heraus.

Weder der Wirt noch die beiden Kellner hatten den Mann auf dem Foto, das ich ihnen zeigte, schon einmal gesehen.

»Er soll gestern hier gewesen sein«, sagte ich.

»Gestern war viel los«, sagte der Wirt.

»Draußen voll, drinnen auch voll«, sagte einer der Kellner, der gebückt ging.

»Woher wissen?«, sagte der andere Kellner zu mir.

Ich erklärte ihm, dass uns ein Gast angerufen hatte.

»Was für Gast?«

»Er heißt Eberhard Stamm«, sagte ich.

»Stamm?«, sagte der Wirt. »Gast Stamm? Stammgast!« Sekundenlang lachte er sich krumm, sodass er in dieser Haltung seinem Angestellten glich.

»Kennen Sie ihn?«, sagte ich.

»Namen, nein«, sagte der zweite Kellner, und ich bemerkte einen Goldzahn in seinem Mund.

Von einer Telefonzelle auf dem verlassenen Viktualienmarkt aus rief ich die Handynummer des Anrufers an, die Freya notiert hatte. Es passte Eberhard Stamm überhaupt nicht, dass ich ihn aufforderte, ins »Sebastiansseck« zu kommen. Er sonnte sich am Flaucher, trank Bier mit Freunden und hatte anscheinend diverse Damen im Visier, deren Körper er dringend beim Bräunen zusehen musste.

»Sie brauchen sich nicht zu beeilen«, sagte ich. »Ich schicke Ihnen eine Streife vorbei, die bringt Sie entspannt hierher.«

»Superidee!«, sagte er.

Eine halbe Stunde später stieg er direkt vor dem Tisch, an den ich mich gesetzt hatte, mit glühendem Kopf von seinem Fahrrad. Das Klappern des verrosteten Schutzblechs war schon auf hundert Meter Entfernung zu hören gewesen. Er befestigte ein billiges Reifenschloss am Rahmen, klemmte die Luftpumpe aus der Halterung und nahm die Plastiktüte, in der er etwas transportierte, aus dem Gepäckträgerkorb.

Wir stellten uns vor, und er legte Pumpe und Tüte auf den dritten Stuhl am Tisch.

»Weißbier«, sagte er zum gebückt gehenden Kellner.

»Kennen Sie diesen Mann?«, fragte ich den Griechen.

Er betrachtete ihn. »Nein«, sagte er.

»Waren Sie schon öfter hier?«, fragte ich Stamm.

»Eher selten.«

»Danke«, sagte ich zum Kellner.

»Hab ich mir gleich gedacht, dass das Ärger gibt«, sagte Stamm.

»Sie meinen, weil Sie bei uns angerufen haben.«

»Ich hab zu meinen Spezln gesagt, ich wollt der Polizei einen Gefallen tun, und jetzt werd ich fast mit Handschellen abgeholt.«

»Übertreibungsexperte?«, sagte ich.

»Ist doch so!« Er griff in die Tüte und kramte eine Schachtel Ernte und ein Feuerzeug hervor.

»Sie haben ein Fernglas dabei«, sagte ich.

Nachdem der Kellner das Weizenbier gebracht hatte, drehte Stamm das Bierglas in der Hand, öffnete den

Mund, setzte an und nahm einen beachtlichen Zug. Dann wischte er sich mit dem Handrücken den Schaum von den Lippen und aus dem Schnurrbart und zündete sich eine Zigarette an. »So ein Fernglas ist wichtig am Flaucher«, sagte er und betrachtete mich ausgiebig. Vielleicht ging auch nur der Voyeur mit ihm durch.

»Alles in Ordnung?«, sagte ich.

»Ohne dass Sie mich jetzt falsch verstehen, haben Sie einen Ausweis dabei?«

»Ja«, sagte ich und zeigte ihm das blaue Plastikteil.

»Passt schon«, sagte Stamm. »Man liest ja oft von Polizisten, die keine sind, die haben eine Uniform an und klauen den alten Leuten das Geld, weil die gutgläubig sind. Ich bin übrigens der Ebbe. Sie können Ebbe zu mir sagen, das passt schon. Ihren Namen hab ich jetzt vergessen.«

»Tabor Süden.«

»Richtig.«

Ich legte das Foto auf den Tisch. »Dieser Mann saß gestern hier«, sagte ich.

»Da vorn«, sagte Stamm und nickte in Richtung der Parkplätze.

»Wann war das?«

»Vier rum.«

»Sechzehn Uhr.«

»Vier rum oder halb fünf, ungefähr«, sagte Stamm.

Gegen fünfzehn Uhr, hatte der Zeuge aus der Heiliggeistkirche ausgesagt, habe er Korbinian vor dem Altar bemerkt.

»Und er saß am letzten Tisch dieser Reihe«, sagte ich.
»Da vorn.«
»Mit dem Strohhut auf dem Kopf.«
»Strohhut auf, hellblaues Hemd, so hab ichs Ihrer Kollegin wahrheitsgemäß gesagt.«
Von den Kellnern hatte ihn keiner gesehen, zumindest konnten sie sich nicht an ihn erinnern, trotz des auffälligen Hemdes und des Hutes, und der Wirt versicherte, er wolle mich sofort anrufen, falls der Mann noch einmal auftauche, versprechen könne er jedoch nichts, da zur Zeit von früh bis spät Hochbetrieb in seiner Taverne herrsche. Das freute mich für ihn.
Ich setzte mich an den Tisch, den Ebbe mir gezeigt hatte. Für einen wie mich, der am liebsten am Rand saß, sogar im leeren Kino in der Nachmittagsvorstellung, war dieser Platz sofort der einzig denkbare. Der gebückt gehende Kellner sah misstrauisch zu mir her, wenig später streckte auch sein Kollege den Kopf aus der Tür, und ich war mir sicher, dass mich der Wirt vom Fenster aus beobachtete. Ebbe Stamm hob sein Bierglas und prostete mir über vier Tische hinweg zu. Anders als gewöhnlich saß ich mit gestrecktem Rücken auf dem Stuhl, einem wackligen, harten Klappstuhl, legte die Hände auf den Tisch und schaute an den Menschen vorbei. Kein Glas stand vor mir, kein Teller, nicht einmal eine Speisekarte lag da, hier hätte ebenso gut niemand sitzen können. Regungslos wartete ich auf nichts. In der Filmstadt München hätte ich ein Statist sein können, der anstelle des Hauptdarstellers ausgeleuchtet wurde und sich nicht bewegen durfte, und

weil dieser nicht erschien, blieb ich einfach sitzen und synchronisierte zumindest sein Schweigen.

»Wollen Sie noch was trinken?«, fragte der Kellner mit dem Goldzahn. Der andere lehnte an der Tür, obwohl inzwischen neue Gäste darauf warteten, bedient zu werden. »Ich bezahle«, sagte ich. »Auch das Weißbier des Herrn.« Es klang, als würde ich Gott einen Humpen spendieren, und der Kellner nahm das Trinkgeld mit einem gläubigen Lächeln entgegen.

»Was passiert jetzt?«, sagte Eberhard Stumm und klopfte auf den Sattel seines Fahrrads. Die Luftpumpe hatte er wieder zwischen die zwei Haken geklemmt und die Tüte mit dem Spannerglas in den Gepäckträgerkorb gelegt.

Ich sagte: »Ich suche weiter.«

»Der war da«, sagte Stamm, dessen kurzärmeliges Hemd fette Schweißflecken aufwies. »Wenn die Griechen keine Augen im Kopf haben, deswegen bin ich noch lang kein Lügner, und schon gar nicht lüg ich Sie an, von der Polizei.«

»Ich glaube Ihnen«, sagte ich. Und das stimmte, auch wenn ich keine Erklärung dafür hatte.

»Freilich!« Er schwang ein Bein über den Sattel und hielt den Lenker mit beiden Händen fest. Das Schutzblech klapperte. »Gibts eigentlich Zeugengeld?«

»Nein«, sagte ich.

»Hört man aber oft davon«, sagte Stamm. Der Schweiß tropfte ihm von den Wimpern.

Ich sagte: »Bei Vermisstenfällen wird nie Zeugengeld gezahlt.«

»Bloß bei Mord«, sagte Stamm.
»Manchmal«, sagte ich.
»Dann ist es besser, ich schau nächstes Mal einem Mörder zu statt einem Vermissten«, sagte Stamm.
»Unbedingt«, sagte ich.
Er klopfte mit der flachen Hand auf den Lenker wie vorhin auf den Sattel. Vielleicht musste er das Klappergestell vor jeder Fahrt erst aufmuntern. »Wenn Sie mal verreisen wollen«, sagte er. »Felbus-Reisen! Für die fahr ich. Hypermoderne Busse, Fernsehen drin, Spitzenklimaanlage, in den Sitzen, da können Sie besser schlafen als daheim. Wir fahren runter bis nach Portugal, Moskau auch, wenn Sie wollen, Südeuropa ist unser Hauptgebiet. Nur für den Fall.«
»Ich bin ein schlechter Verreiser«, sagte ich.
»Weil Sie noch nie mit uns gefahren sind, Meister!« Stamm strampelte los, und in meinen Ohren klang das Klappern des Schutzblechs lange nach wie der Gruß eines verrosteten Windes.

In ihrer scheuen, abwesenden Art senkte sie bloß den Kopf, hakte die Spitze ihres Zeigefingers in eine Masche der Tischdecke und legte die andere Hand darüber, als wolle sie sie wie ein Kind, das gerade herumgepult hat, vor mir verstecken. In der Wohnung an der Feuerwache war es still und beinahe kühl. Bei der Begrüßung hatte Olga Korbinian diesmal nicht gelächelt, sie gab mir nur die Hand, nickte und trat einen Schritt zur Seite. Auch als wir schon im Wohnzimmer standen und sie mich ansah, sagte sie nichts. Wieder trug sie eine dunkle Bluse und einen einfarbigen braunen Rock, der altmodisch an ihr wirkte, ihre grauen Haare sahen ungekämmt und ungewaschen aus.

Auf die Frage, ob sie eine Frau mit dem Namen Annegret Marin kenne, schüttelte sie den Kopf. Möglicherweise, sagte ich, sei sie jene Geliebte, die Olga Korbinian erwähnt habe, jedenfalls habe ihr Mann die Frau einige Male getroffen, vermutlich sogar regelmäßig, ohne aber mit ihr zu schlafen.

Zuerst hatte ich überlegt, eine andere Formulierung zu wählen, dann fragte ich mich, wozu. Olga Korbinian reagierte sowieso nicht, alles, was ich sagte, nahm sie gleichmütig entgegen, setzte sich dann wortlos an den Tisch und bot mir keinen Platz an, was ich angenehm fand.

»Er ist nicht bei ihr«, sagte ich, weil sie sich offenbar weigerte, danach zu fragen. »Hat er inzwischen bei Ihnen angerufen, Frau Korbinian?«

Sie antwortete nicht. Ich sah, wie sich unter ihren Händen die gehäkelte Tischdecke bewegte, und sie sah es auch, und als sie kurz den Kopf hob, erhellte sich ihr Gesicht für einen flüchtigen Moment.

»Es haben Leute bei uns angerufen, die Ihren Mann gesehen haben wollen«, sagte ich. »Hier in der Nähe. Auf dem Markt, in der Heiliggeistkirche, im ›Sebastianseck‹. Und im Haus der Kunst.«

Olga Korbinian zog die Stirn in tiefe Falten. »Was hat er denn da zu suchen?«, sagte sie mit einem schelmischen Unterton.

»Er hat mit einem Kellner gestritten.«
»Worüber denn?«
»Das weiß ich nicht, und die Zeugin konnte es mir nicht sagen, weil sie zu weit weg stand. Anscheinend geht Ihr Mann gern in Ausstellungen.«
Sie war so überrascht, dass sie den Kopf schief legte und sich auf der Bank zurücklehnte, die Hände neben sich aufgestützt.
»Mit Ihnen geht er nie in Ausstellungen«, sagte ich.
»Wir waren mal in der Alten Pinakothek«, sagte sie.
»Wann?«
»Im vorigen Jahrhundert.«
»In der Pinakothek der Moderne waren Sie noch nicht?«
»Nein. Sie?«
»Ich auch nicht.«
»Was hat er sich angesehen?«, fragte sie.
»Das weiß ich noch nicht. Ich bin mir nicht einmal sicher, ob er tatsächlich in einer Ausstellung war, fest steht nur, er war im Haus der Kunst.«
»Glauben Sie, er ist zum Streiten dorthin gegangen?«
»Das glaube ich nicht«, sagte ich.
Olga Korbinian nickte. Jede ihrer Bewegungen und Gesten und Bemerkungen wurde begleitet von einem über die Maßen müden und erschöpften Blick, vielleicht ertrug sie es schon nicht mehr, zur Tür zu starren und nachts an die Decke und die Wände, die Dinge zu sehen, die ihr nicht allein gehörten, die Zimmer zu durchqueren wie verlassene Ländereien, ins Leere zu horchen, und immer wieder vor den Fotos stehen bleiben zu müssen und

dem Gesicht nicht zu entrinnen, dem schwarzweißen Gesicht aus Papier.

Nach einer langen Zeit sagte sie: »Dann ist ihm also nichts zugestoßen.«

Und ich dachte sofort: Falsch, das Gegenteil muss man vermuten. Und ich sagte: »Ja.«

»Ach«, sagte sie und erhob sich, »ich hol Ihnen was zu trinken.«

»Nein«, sagte ich, »bleiben Sie bitte sitzen.« Ich wartete, bis sie sich wieder gesetzt hatte. »Ich habe mit dem Urologen Ihres Mannes gesprochen.«

»Wegen der Probleme«, sagte sie.

»Sie wissen es.«

»Ich weiß, dass wir nicht mehr zusammen schlafen.«

»Seit wann?«, sagte ich. Und bevor sie antwortete, fügte ich hinzu: »Vielleicht muss ich das nicht wissen.«

»Seit mindestens einem Jahr«, sagte sie. »Ich weiß nicht mehr genau.«

»Leiden Sie darunter?«

»Kommt vor«, sagte sie.

»Haben Sie mit Ihrem Mann darüber gesprochen?«

»Er spricht nicht darüber, er hat es mir gesagt, mehr nicht. Ich will ihn auch nicht quälen.«

Sie beugte sich vor, strich mit dem Finger behutsam über die Decke. »Die Frau, wie heißt die?«

Ich wiederholte den Namen.

»Woher kennt er sie?«

»Von der Arbeit«, sagte ich vage. Etwas hinderte mich, die Wahrheit zu sagen, die in diesem Fall reichlich unspektakulär war. Vielleicht zweifelte ich plötzlich zu viel. Vielleicht fürchtete ich in dieser abgedunkelten Wohnung der Wahrheit so nahe zu sein, dass ich sie nicht erkannte. Vielleicht sollte ich endlich aufhören, der Ehefrau bedingungslos zu vertrauen und einem Phantom mit Strohhut hinterherzulaufen, dessen Schicksal womöglich längst entschieden war.

»Haben Sie eine beste Freundin?«, sagte ich.
Ausnahmsweise antwortete Olga Korbinian, ohne zu zögern. »Ich hab Bekannte.«
»Treffen Sie sich oft?«
»Einmal im Monat«, sagte sie. »Manchmal.«
»Treffen Sie die Frauen gemeinsam mit Ihrem Mann?«
»Nein.«
»Ihr Mann und Sie sind die meiste Zeit unter sich.«
»Ja.«
»Was machen Sie, wenn Sie zu zweit sind?«
»Wir lesen Zeitung, oder sehen fern, oder unterhalten uns.«
»Auch an den Freitagnachmittagen?«, sagte ich.
»Da geht mein Mann spazieren«, sagte sie. »Das braucht er.«
»Wissen Sie, wo er spazieren geht?«
»Ich spionier ihm nicht nach.«
»Erzählt er nicht, wo er war?«
»Meistens geht er an der Isar spazieren.«
»Allein?«
»Haben Sie die Frau nicht gefragt, ob sie mitgeht?« Olga Korbinian senkte den Kopf und ließ die Schultern hän-

gen. »Wieso ist er denn nicht bei ihr?«, sagte sie mit müder Stimme. »Ich weiß schon, Sie denken, ich weiß was, aber ich weiß nichts, ich weiß nicht, warum er weggegangen ist. Warum denn? Alles, was ich weiß, hab ich Ihnen gesagt. Mehr gibts aus unserem Leben nicht zu berichten.«

»Seit wann bist du so gutgläubig?«, sagte Martin Heuer. »Hör auf, mich wie einen Greis zu behandeln, verflucht!« Ich musste ihn stützen, denn er wankte und knickte ein und schlug mit den Armen um sich. Unter der kalten Dusche ließ ich ihn allein. Nach einer Minute kam er in die Küche, sein dürrer, blasser Körper zitterte, und er keuchte und stöhnte. Es war Sonntagnachmittag, und ich hatte es geschafft, ihn zu überreden, mit zu mir zu kommen. Ich wollte ihn nicht länger allein in seiner Wohnung lassen, umringt von Bierflaschen, im Gestank von Zigaretten und Schweiß, seinem Selbstekel ausgeliefert.

Eigentlich hatte ich nicht damit gerechnet, dass er mitkommen würde. Wie ich betrat er – als Privatperson – nur höchst ungern fremde Wohnungen, und bei seiner Freundin Lilo blieb er nur, weil sie in dem Zimmer, wo er übernachtete, ansonsten ihre Freier empfing, was den Raum in Martins Augen zu einer Art Büro oder Aufenthaltsraum für Beischlafreisende machte.

»Du musst die Ehefrau einbestellen«, sagte er, streifte sich ein ungewöhnlich frisch gewaschenes dunkelgrünes T-Shirt über und zog die ausgefranste graue Stoffhose an, die er zu Hause das ganze Jahr über trug.

Wir tranken Kaffee, Martin rauchte, und wenn man ihn nicht zu intensiv ansah, bemerkte man das leichte Zittern seines Körpers und speziell seiner Beine nicht.
»Die Frau lügt«, sagte Martin. »Volker wird deine Methoden mal wieder extrem unkomisch finden.«
Am nächsten Tag, Montag, begann um zehn Uhr unsere erste Konferenz, und was Volker Thon auf meine Ausführungen im Fall Korbinian hin erklären würde, wusste ich schon jetzt. Er würde sich mit gezücktem Zeigefinger am Hals kratzen und, noch gestresst vom familiären Wochenende, wesentlich zu laut erwidern: »Der Staat bezahlt dich nicht als Tanzbär, Kollege!«

8

Dann stand Thon auf, ging zum Fenster, öffnete es und wedelte sich mit den Händen Luft zu. Wir suhlten uns im Duft seines Rasierwassers – außer Sonja, die sich hinter seinem Rücken die Nase zuhielt, eine Geste, die mir eingedenk ihrer abfälligen Bemerkungen über bestimmte Verhaltensweisen von Martin und mir – sie nannte sie kindisch – geradezu pränatal vorkam.

»Ich will persönlich mit der Frau sprechen«, sagte Volker Thon und rieb sich die Hände, als habe er sie gerade eingecremt. »Außerdem, was machst du wieder für Alleingänge? Du hattest frei am Wochenende, oder nicht? Freya hatte Dienst, Florian Nolte auch, zur Not hätten die beiden die Aussagen überprüfen können. Es hätte aber gereicht, wenn du heute damit begonnen hättest, zusammen mit Sonja oder Weber. Erklär mir das!«

»Ich bin davon ausgegangen, dass Annegret Marin weiß, wo Korbinian sich aufhält«, sagte ich.

»Gut«, sagte Thon und blickte in die Runde, die aus neun Kriminalisten bestand. Insgesamt arbeiteten im Kommissariat 114 dreizehn Kollegen, zwei waren derzeit in Urlaub und zwei krank. »Sie wusste es nicht, entnehm ich deinem Bericht. Stattdessen haben wir Zeugen, die den Mann gesehen haben. Oder nicht? Oder hatten sie Halluzinationen bei der Hitze?« Er öffnete die Tür zum Nebenraum. »Bitte rufen Sie die Frau Korbinian an, Erika, sie soll herkommen.« Dann schloss er die Tür und ging zu seinem Schreibtisch, beugte sich über ihn und stieß einen kehligen Laut aus. Dann drehte er sich ruckartig um.

»Wenn die Journalisten deine Geschichte erfahren, sind wir fällig«, sagte er, an mich gewandt. Thons Verhältnis zur Presse war zweischneidig, einerseits wusste er um die Notwendigkeit, mit den Reportern zu kooperieren, andererseits behauptete er hinterher jedes Mal, wir hätten den Fall auch ohne »diese Geier« zu einem guten Ende gebracht. Hin und wieder ließ er sich in einer Pressekonferenz durch Fragen provozieren und maulte dann zurück. Fabelhaftes Fressen für gewisse Journalisten.

»Die Zeugen haben den Mann eindeutig identifiziert«, sagte ich.

»Lächerlich«, sagte Thon, nahm einem der Kollegen die fotokopierte, zusammengeheftete Akte aus der Hand und blätterte darin. »Der Zeuge in der Kirche hat ein hellblaues Hemd gesehen und das Gesicht nur zur Hälfte, jedenfalls nicht genau und nicht über einen längeren Zeitraum, und der Busfahrer beim Griechen ... Wieso haben die Kellner den Korbinian nicht gesehen? Das glaubt doch kein Mensch. Da macht sich einer wichtig, und du bist drauf reingefallen! Und diese Freundin? Geliebte? Die gehen am Fluss spazieren? Er führt den Hund aus? Aber niemand hat ihn gesehen? Innerhalb dieses geringen Radius? In diesen paar Straßen? Und hier, Magnus Horch, der weiß ja gar nichts! Er erwähnt eine Geliebte, und dass sein Kollege impotent ist, das weiß er. Sonst nichts.«

»Kommt dir das nicht merkwürdig vor?«, sagte ich.

»Jetzt sind wir einer Meinung«, sagte Thon.

Ich sagte: »Ich meine nicht, was Horch weiß oder nicht. Ich meine die Tatsache, dass er sowohl seinem Kollegen Horch als auch seiner Frau und seinem Arzt gesagt hat, er sei impotent, aber niemand weiß, ob das überhaupt stimmt.«

Kurzfristig herrschte in der anstrengenden Luft und bei dem Straßenlärm, der durch das offene Fenster hereindrang, große Aufmerksamkeit.

»Der Arzt hat ihn nicht untersucht«, sagte ich. »Korbinian hat eine Untersuchung abgelehnt.«

»Steht hier«, sagte Thon und ließ den Mittelfinger auf eine Seite der Akte schnalzen. »Was sagt uns das? Er täuscht bei seiner Frau Erektionsprobleme vor, um in Ruhe mit seiner Freundin schlafen zu können?«

»Eben nicht«, sagte ich.

Wieder gab Thon diesen kehligen Laut von sich, den ich von ihm noch nie gehört hatte, es klang wie das Röcheln einer Krähe. Vielleicht hatten ihn seine beiden Kinder übers Wochenende in einer Voliere eingesperrt, oder er hatte sich in jüngster Zeit häufig mit einem Beo unterhalten müssen.

»Er schläft nicht mit Annegret Marin«, sagte ich.

Ein paar Kollegen lachten. »Was macht er dann mit ihr?«, sagte einer von ihnen.

»Er geht mit ihr spazieren und führt ihren Hund aus«, sagte ich.

»Und die übrige Zeit?«, sagte der Kollege.

»Es gibt keine übrige Zeit, zwei Stunden am Freitag, mehr nicht.«

»Da stimmt aber was nicht«, sagte Freya Epp.
Thon gab dem Kollegen die Akte zurück. »Jetzt reden wir mit der Ehefrau und dann sehen wir klarer. Pause.« Er steckte sich einen Zigarillo zwischen die Lippen. Anzünden durfte er ihn noch nicht, da Sonja Rauchverbot bei allen Besprechungen durchgesetzt hatte, eine harte Prüfung, nicht nur für unseren Vorgesetzten.
»Wieso ist schon Pause?«, fragte Freya, als Thon den Raum verlassen hatte.
»Er sieht ein wenig käsig aus«, sagte Weber und faltete die Hände auf seinem Kugelbauch. Rauchschwaden zogen um uns herum, und ich goss Kaffee in Webers Tasse. Sonja war drei Türen weiter in unser gemeinsames Büro gegangen, um mit ihrem Arzt zu telefonieren. Am Wochenende hatte sie ihre Mutter besucht, und zurückgekehrt war sie wie so oft aggressiv und wütend, vor allem über das ihrer Meinung nach devote Verhalten ihrer Mutter gegenüber dem Hausarzt, den Sonja für einen Versager hielt. Jetzt wollte sie sich bei ihrem eigenen Arzt nach alternativen Möglichkeiten erkundigen, wie ihre Mutter die schweren Rheumaanfälle, die sie seit einiger Zeit quälten, behandeln könne.
Weber fragte mich nach Martin, ich sagte, er habe wenig getrunken und nachts durchgeschlafen, bis gegen fünf, danach habe er Kaffee gekocht und in der Küche den Fernseher eingeschaltet, vor dem er, als ich kurz nach sieben Uhr hereinkam, eingeschlafen war. Was er tagsüber tun wollte, wusste ich nicht. Natürlich erklärte Martin, er wolle nach Hause gehen, die eine Nacht sei ange-

nehm gewesen, aber nun komme er schon zurecht. Ich versprach, den Dienst am frühen Abend zu beenden, anschließend könnten wir ins Kino gehen oder uns mit Sonja im Biergarten verabreden.

»Es ist schlimmer, als du gedacht hast«, sagte Weber.

»Ja«, sagte ich.

Er machte eine Pause, wie um das Private mit dem aktuellen Fall nicht zu vermischen. »Wir müssen von einem Verbrechen ausgehen«, sagte er.

»Ich glaube den Zeugen«, sagte ich.

»Das ist ein Widerspruch.«

»Kindisch ist das.« Sonja Feyerabend war zurückgekommen und sah nicht so aus, als sei das Gespräch mit ihrem Arzt Erfolg versprechend verlaufen. Vor den Kollegen wollte ich sie nicht darauf ansprechen.

»Hältst du die Frau für fähig, ihren Mann umgebracht und die Leiche beseitigt zu haben?«, sagte Weber.

Für einen Moment erschrak Freya Epp und spielte irritiert an ihrer Brille herum. Ihr lag eine Bemerkung auf der Zunge, die sie sich nicht auszusprechen traute.

»Nein«, sagte ich.

»Und warum nicht?«, sagte Sonja.

»Das sehe ich.«

»Der Seher wieder!«, sagte Sonja mit verzurrtem Mund. Ich sah ihr an, wie schwer es ihr fiel, sich auf die Besprechung zu konzentrieren, ihre Gedanken waren bei ihrer Mutter, zu der sie ein schwieriges bis phasenweise katastrophales Verhältnis hatte, mit Anfällen von Selbsthass, besonders, wenn sie wieder einmal weder das unaufhör-

liche Klagen ihrer Mutter ertrug noch ihre eigene Unfähigkeit, sich nicht in den Alltag der Sechsundsechzigjährigen einzuzmischen, die immerhin mit einem Mann im selben Haus wohnte, den sie Lebensgefährten nannte. Sonja dagegen hielt ihn für einen »ignoranten Faulenzer«, was wiederum ihre Mutter erboste und dazu brachte, Sonja wochenlang nicht anzurufen.
»Wieso Seher?«, fragte Freya vorsichtig.
Ich wollte nichts dazu sagen, aber Weber sagte: »Er hat mal ein paar Vermissungen aufgeklärt, an denen die anderen Kollegen gescheitert waren. Tabor hat sich ganz auf seine Intuition verlassen, er hat bestimmte Orte so lange angesehen, bis ihm was auffiel, das uns allen entgangen war, eine winzige Unregelmäßigkeit, das Fehlen von etwas. Das haben einige Reporter mitgekriegt, oder Thon hat aus Versehen in der Pressekonferenz davon erzählt, und daraufhin verpassten sie ihm in der Zeitung den Titel ›Der Seher‹. Dir war das peinlich.«
»Natürlich«, sagte ich.
»Und was siehst du, wenn du die Frau Korbinian ansiehst?«, sagte Freya.
Ich sagte: »Sie hat ihren Mann nicht umgebracht und die Leiche beseitigt, diese Frau bestimmt nicht.«
»Sie kann einen Helfer gehabt haben«, sagte Sonja. »Hat sie einen Geliebten?«
»Nein«, sagte ich.
»Hast du sie gefragt?«, sagte Sonja.
Ich schwieg.
»Wir machen weiter«, rief Thon.

»Vergiss die Zeugen«, sagte Sonja und rieb sich die Nase, deren Spitze ein wenig nach oben zeigte, was meiner zu Strenge mit sich selbst und zu Zurückhaltung gegenüber anderen neigenden Geliebten etwas sehr Übermütiges, fast Freches verlieh.

Eine halbe Stunde später traf Olga Korbinian im Dezernat ein.

Ein paarmal warf mir Erika Haberl, die Sekretärin der Vermisstenstelle, verständnislose Blicke zu, während sie die Vernehmung auf ihrem Laptop protokollierte.

Thon hatte Olga Korbinian darüber belehrt, dass sie von ihm und mir als Zeugin vernommen werde und das Recht habe, die Aussage zu verweigern, falls sie dadurch einen Angehörigen oder sich selbst strafrechtlich belasten würde. Pflichtgemäß fragte er sie anschließend, ob sie die Belehrung verstanden habe, sie nickte, und er bestand darauf, dass sie ja sagte.

»Am Nachmittag haben Sie nichts anderes getan als Wäsche gewaschen, diese im Keller aufgehängt und sich im Fernsehen Talkshows angesehen?«, sagte Volker Thon. In dem kleinen, schlecht gelüfteten Vernehmungszimmer im zweiten Stock hatte er sich gegenüber von Frau Korbinian gesetzt, ich stand am Fenster, schräg hinter ihm. Erika Haberl saß an der Schmalseite des rechteckigen Tisches. Nicht nur wegen ihrer Fähigkeiten als Assistentin im Büro, auch als unaufgeregte, zurückhaltende, immer konzentrierte Schreibkraft bei Vernehmungen wurde sie von anderen Kommissariaten schwer umworben.

»Ja«, sagte Olga Korbinian.
In gewissen Abständen legte sie die rechte Hand auf die braune Lederhandtasche vor ihr auf dem Tisch. In ihrem beigen Kleid, die Haare mit einem Seitenscheitel ordentlich gekämmt, saß sie aufrecht auf dem Stuhl, sie machte auf mich einen ebenso verwirrten wie abweisenden Eindruck. Auch wenn ihr Tonfall im Verlauf der einstündigen Vernehmung kaum variierte, so bildete ich mir ein, an der Haltung ihres Kopfes und dem Zucken um ihren Mund eine wachsende Verachtung für das, was wir hier taten, zu erkennen.
»Sie haben keine Anrufe erhalten?«, sagte Thon.
»Nein.«
»Und Sie selbst haben niemanden angerufen?«
»Nein.«
»Sie haben Magnus Horch angerufen«, sagte Thon.
»Erst gegen Abend.«
»Um wie viel Uhr?«
Dann passierte etwas Komisches. Sofort sahen Erika Haberl und ich uns an, und hinter stoischen Blicken tauschten wir ein unsichtbares Grinsen. Auf die nächste Antwort konzentriert, hob Thon Daumen und Zeigefinger, um an seinem Seidentuch zu reiben, wie er es ungefähr dreißigmal am Tag tat. Doch wegen der Hitze trug er seit Tagen kein Tuch, sodass seine Fingerkuppen wie ein Insekt gegen seinen Hals stießen und er zusammenzuckte. Olga Korbinian runzelte die Stirn. »Gegen halb sechs«, sagte sie.
»Bitte eine genaue Uhrzeit.«

»Halb, dreiviertel sechs«, sagte Olga Korbinian.
»Was hat Herr Horch zu Ihnen gesagt?«
»Dass mein Mann und er sich mittags gegen halb zwei getrennt haben und er nicht weiß, wo Cölestin hingegangen ist.«
Sie sagte kein überflüssiges Wort, und das meiste, was sie zu Protokoll gab, stand bereits in meinem Bericht. Trotzdem war es aus Thons Sicht verständlich und auch nach Meinung der Kollegen erforderlich, die Ehefrau zu einer offiziellen Zeugenvernehmung einzubestellen, ihr Verhalten war derart sonderbar, dass sie Erklärungen bieten musste, ob es ihr passte oder nicht.
Doch ihre Aussagen forderten Thon eher heraus, als dass sie ihn von seinen Vermutungen abgebracht hätten.
»Aber Sie wissen, wo Ihr Mann hingegangen ist«, sagte er.
»Nein.«
»Das glaub ich Ihnen nicht! Sie kennen Ihren Mann seit drei Jahrzehnten, Sie kennen ihn in- und auswendig, Sie wissen genau, wo er sich den ganzen Tag über aufhält. Ihr Mann kann überhaupt nicht einfach so verschwinden! Das ist unmöglich! Egal, ob er eine Geliebte hat. Diese Geliebte jedenfalls weiß auch nicht, wo er steckt. Niemand weiß das anscheinend. Ich glaub Ihnen nicht, Frau Korbinian, und ich bitte Sie, mich nicht weiter anzulügen, meine Kollegen sind auf der Suche nach Ihrem Mann und sie lassen sich nicht gern an der Nase rumführen. Verstehen Sie mich? Es gibt alle möglichen Gründe fürs Weggehen, Geldsorgen, familiäre Probleme, Frust,

Langeweile, viele Gründe, und wir kennen sie alle, wir haben täglich damit zu tun. Aber so einen Fall wie den Ihres Mannes hatten wir noch nicht, und das macht mich unruhig. Ich sag Ihnen auch, warum. Weil es einen Fall, den es noch nie gegeben hat, auch nicht gibt. Ihr Mann hat sich nicht in Luft aufgelöst, er ist nicht weggeflogen wie der arme Robert mit seinem Schirm, er ist auch nicht von Außerirdischen verschleppt worden, er hat keine Sachen mitgenommen, mein Kollege Süden hat das deutlich in seinem Bericht geschrieben, Ihr Mann hat nichts weiter an als ein Hemd, eine Hose und einen Hut auf dem Kopf. Also hatte er nicht vor zu verreisen. Nein. Für mich bleiben nur zwei Möglichkeiten im Moment, und ich werd Ihnen die nennen, auch wenn sie hart klingen, Sie müssen begreifen, dass wir hier sehr ernsthaft unsere Arbeit machen und uns bemühen, unsere Fälle so rasch und effizient wie möglich aufzuklären. Ihr Mann, Frau Korbinian, hat entweder Selbstmord begangen, und dann wussten Sie von seinen Absichten, hundertprozentig, oder er ist einem Verbrechen zum Opfer gefallen. Eine andere Möglichkeit gibt es nicht. Frau Korbinian, halten Sie es für möglich, dass Ihr Mann Selbstmord begangen hat?«

Sie hatte beide Hände auf ihre Handtasche gelegt und den Kopf gesenkt, nun hob sie ihn und sah erst mich, dann Thon an. »Nein«, sagte sie.

»Hat er nie Andeutungen in diese Richtung gemacht?«

»Nein. Mein Mann hat sich nicht umgebracht, er war immer gern am Leben.« Wieder schaute sie zu mir. »Er ist

jeden Tag gern in die Arbeit gegangen, für ihn ist jeder Tag voller kleiner Überraschungen, er hat keinen Grund, sein Leben hinzuschmeißen. Er hat nie Andeutungen gemacht, wie Sie ihm unterstellen wollen ...« Sie sah Thon in die Augen und dann an ihm vorbei zum Fenster. »Und ich weiß nicht, wo er ist, ich warte auf ihn. Und ich glaub auch nicht, dass ein Verbrechen passiert ist, Zeugen haben ihn doch gesehen!«
»Die Zeugen können sich getäuscht haben«, sagte Thon.
»Das glaub ich nicht«, sagte Olga Korbinian.
»Hat übers Wochenende jemand bei Ihnen angerufen?«, sagte ich. »Jemand, der vielleicht Ihren Mann gesehen hat.«
»Nein.«
»Sie haben keinen einzigen Anruf erhalten?«, sagte Thon, hob ungläubig die Arme und schüttelte den Kopf.
»Doch«, sagte sie. »Es war aber niemand dran.«
»Wann war der Anruf?«, sagte Thon.
»Samstagnacht. Und Sonntagmorgen.«
»Sie haben den Hörer abgehoben«, sagte ich, »und jemand hat aufgelegt.«
»Ich hab Hallo gesagt und dann hab ich das Knacken gehört.«
Ich sagte: »Kommt so etwas öfter bei Ihnen vor?«
»Bis jetzt nicht.«
»Glauben Sie, es war Ihr Mann?«, sagte ich.
»Wer denn sonst?«, sagte sie.

Er stand mit dem Gesicht zur Wand, barfuß, in seiner zerschlissenen grauen Haushose und einem olivgrünen Sweatshirt, mit einer brennenden Zigarette zwischen den Zeige- und Mittelfingern jeder Hand. Durch die offene Tür des Zimmers, dessen Wände gelb gestrichen waren und in dem nur ein einziger Holzstuhl stand, hatte er mich in die Wohnung kommen hören, aber er drehte weder den Kopf noch reagierte er auf andere Weise. Er starrte die gelbe Wand an. Asche fiel von den zwei Zigaretten auf den graublauen Teppich.

Ich hängte meine Lederjacke, die ich sommers wie winters trug, auf einen Bügel im Flur, zog die Schuhe aus, die Socken und ging hinüber ins Zimmer und blieb an der Tür stehen. Nach Alkohol roch es nicht, eher nach Seife oder Shampoo.

Keiner von uns sagte ein Wort.

Kurz bevor die Zigaretten heruntergebrannt waren, nahm Martin jeweils einen letzten Zug, wandte sich mit einer eckigen Bewegung von der Wand ab und drückte die Kippen in einem Aschenbecher auf dem Fensterbrett aus. Dann drehte er sich zu mir um.

»Das war wahnsinnig laut«, sagte er mit angestrengter Miene, als formuliere er komplizierte Gedanken, denen er gleichzeitig nachhorchte. »Wie eine Explosion war das, hinter mir, an der Wand, laut, laut. Das ist gut so nah an der Wand, kühl.« Er sah zu der Stelle, an der er gerade gestanden hatte. »Ich hab geduscht. Dann noch gebadet und mir aus Versehen zweimal die Haare gewaschen. Bei meiner Frisur ist das gezielte Umweltverschmutzung.«

Tatsächlich schien der spärliche, dunkelbraune Kranz auf seinem Kopf ungewöhnlich zu glänzen, und nicht von Schweiß.

»Hilft aber nichts«, sagte Martin. »Ich seh den jungen Mann in der dünnen Jacke, er hat die geklauten Unterhosen in den Innentaschen versteckt, wo auch sonst? Und dann hat er die Pistole in der Hand, schießt gleich. Auf die Entfernung danebenschießen ist auch eine Kunst.«

»Lass uns rausgehen«, sagte ich.

»Gute Idee«, sagte er. Dann ließ er die Schultern hängen, trat zwei Schritte auf die Wand zu und lehnte sich mit der Schulter dagegen, gekrümmt, mit schlenkernden Armen. Er lehnte an der gelben Wand wie jemand, der hofft, die Wand würde einstürzen und ihn unter sich begraben, so tief hing sein Kopf, so ohne jeden eigenen Willen wirkte der dürre Körper. Ich ging zu ihm und drückte ihn an mich, und es war, als umarmte ich einen Abschied aus Knochen und Zittern.

9 Auf den »armen Mann«, wie sie ihn liebevoll und gleichzeitig mit kritischem Unterton nannte, ließ sie trotz aller Zweifel an seinen Absichten nichts kommen. Er sei immer auffallend gepflegt gekleidet gewesen, habe oft eine Weile mit ihr gesprochen und sie sogar einmal zu einem Kaffee eingeladen, den sie aber ablehnen musste, weil sie die Kasse nicht verlassen durfte. In jüngster Zeit habe er ihr oft nur kurz zugewinkt, bevor er in die Ausstellungsräume hineinging, er habe, meinte Gerlinde Falter, ein wenig »gehetzt« oder einfach nur »anders« gewirkt als sonst. Ob er am vergangenen Mittwoch unter den Besuchern im Haus der Kunst gewesen sei, könne sie beim besten Willen nicht sagen, aber am Freitag war er auf jeden Fall da, am Abend, und er hatte Streit mit dem Hans, das habe sie der Polizei sofort gemeldet, nachdem sie das Foto in der Zeitung gesehen hatte.
»Haben Sie früher an diesem Tag mit ihm gesprochen?«, sagte ich.
»Nein«, sagte Gerlinde Falter. Sie trug ein eng anliegendes grünes Sommerkleid mit weißen Streifen, an dessen Kragen sie ständig zupfte, außerdem rückte sie mehrfach ihre Brille zurecht und senkte den Blick, wenn sie etwas sagte.
»Wissen Sie, wie der Mann heißt, den wir suchen?«, sagte ich.
»Stand doch in der Zeitung!«, sagte sie hastig. »Cölestin Korbinian.«

»Sie haben sich den Namen gemerkt.«
»Ja«, sagte sie und schaute ihre Kaffeetasse an.
Wir saßen in der Cafeteria im Vorraum. Ununterbrochen kamen Besucher herein, oft in Gruppen, die durcheinander sprechend herumstanden und darauf warteten, eine Einlasskarte in die Hand gedrückt zu bekommen. Alle Tische des Cafés waren besetzt.
»Er hat sich nie bei Ihnen vorgestellt«, sagte ich.
»Da müsst ich mir ja viele Namen merken, wenn das jeder tun würd«, sagte Gerlinde Falter, die dreiundfünfzig Jahre alt war und seit fast zehn Jahren im Haus der Kunst als Kassiererin arbeitete.
»Ich bin sicher, er hat sich bei Ihnen mit Namen vorgestellt«, sagte ich.
Mit einem halben Kopfschütteln sah sie einer Gruppe älterer Frauen hinterher, die es offensichtlich sehr eilig hatten.
»Meine Kollegin wird langsam sauer«, sagte sie.
»Ich bin schuld«, sagte ich.
Sie zupfte an ihrem Kleid, an ihrem Hals schimmerten winzige Schweißperlen. Für mich war sie die bisher wichtigste Zeugin, vor allem deshalb, weil sie im Gegensatz zum Busfahrer Eberhard Stamm, zu dem Mann aus der Heiliggeistkirche und den vier anderen Personen, die sich im Dezernat gemeldet hatten und mittlerweile von Paul Weber und Freya Epp vernommen worden waren, anscheinend etwas vor mir verbarg. Das gefiel mir. Nicht, dass ich ihr unterstellte, sie würde mich anlügen oder mich auf eine falsche Fährte locken wollen, sie strickte

nur an einem Verschweigen, dessen Muster sie aber nicht kannte, weil ihr die Erfahrung fehlte.
An meinem Schweigen scheiterte das ihre.
»Wenn sie keine Fragen mehr haben, dann geh ich jetzt«, sagte sie, und es gelang ihr, mich anzusehen.
»Worüber haben Sie mit Herrn Korbinian gesprochen, Frau Falter?«, sagte ich.
»Gesprochen kann man das nicht nennen, wir haben geplaudert.«
»Worüber?«
»Was man halt so sagt, wenn man an der Kasse steht«, sagte sie. »Dies und das. Was Allgemeines, und wenn man sich schon mal gesehen hat, sagt man halt, dass man sich freut, sich wiederzusehen.«
»Nein«, sagte ich. »Ich meine nicht, wenn Sie an der Kasse miteinander sprechen, sondern wenn Sie sich hier in der Cafeteria treffen.«
Anders als bei einem echten Lügner schoss ihr das Blut ins Gesicht, sie nestelte an ihrer Brille, ähnlich wie Thon an seinem Halstuch, öffnete den Mund, um etwas zu sagen, nahm die Brille ab und setzte sie sofort wieder auf. Ich strich mir die Haare aus dem Gesicht und stemmte die Hände in die Hüften. Befragungen im Sitzen durchzuführen verursachte mir Rückenschmerzen, Nackenschmerzen, Kopfschmerzen, abgesehen davon, dass mir die Hose zu eng war und ich jedes Mal, wenn ich länger saß, den obersten Knopf unter dem Gürtel öffnen musste, im Moment unmöglich, da die kunstgierige ältere Damenwelt um uns herum sich das Warten damit vertrieb, mich wie

einen zotteligen, schlecht rasierten, erfolglosen, vermutlich saufenden Künstler anzustarren.

»Was fragen Sie mich denn aus?«, sagte Gerlinde Falter. Das lodernde Rot wich nur langsam aus ihren Wangen. »Was wollen Sie denn von dem armen Mann? Ich hab ihn gern, er spendiert mir einen Kaffee, und wir unterhalten uns ein bisschen, das ist doch nicht verboten! Er ist freundlich und zuvorkommend und anständig, das ist er immer gewesen, solang ich ihn kenn.« Sie stöhnte, schüttelte wieder halb den Kopf und zupfte an ihrem Kleid.

Es kam mir vor, als würden sich alle Köpfe um uns herum jetzt zu mir drehen wie auf der Tribüne während eines Ballwechsels beim Tennis. Ich hatte Aufschlag.

»Wie lange kennen Sie ihn schon, Frau Falter?«, sagte ich und blickte in die Runde. Niemand beachtete mich, vielmehr drängte der Pulk in den Kassenraum, von dem aus man in die Ausstellung gelangte.

»Ein Jahr, zirka«, sagte Gerlinde Falter.

»Und in letzter Zeit kam er öfter.«

»Sehr oft.« Sie wollte brüsk sein, aber es gelang ihr nicht. »Jede Woche«, sagte sie mit weicher Stimme. »Jeden Freitag.«

»Freitagnachmittag«, sagte ich.

»Ja.« Sie hob den Kopf. »Woher wissen Sie das?«

»Kam er allein?«

Verwundert sah sie mich an. »Ja!«

»Immer?«

»Ja.« Sie schwieg. Dann nickte sie abwesend einer asiatisch aussehenden Frau zu, die ein Plastikschild an der

Bluse trug, das sie als Mitarbeiterin des Museums auswies, und die auf dem Weg zur Toilette war. »Manchmal ist eine junge Frau dabei gewesen, glaub ich. Nein, das stimmt nicht, sie ist sicher dabei gewesen, ich hab mich noch gewundert.«

»Worüber?«

»Bitte?«

»Worüber haben Sie sich gewundert?«

»Über die junge Frau!«, sagte sie mit einer Art Strenge im Ton. »Sie redete die ganze Zeit auf den armen Mann ein. Ich hab sie beobachtet. Die hat auch immer ein Buch dabeigehabt. Ist wahrscheinlich eine Studentin, eine ganz schlaue.«

»Haben Sie Herrn Korbinian gefragt, wer die junge Frau ist?«

»Das geht mich doch nichts an! Ich hab ihn nicht gefragt, er hat auch nicht von ihr gesprochen. Vielleicht ist es seine Tochter.«

»Er hat keine Kinder.«

»Ach so.«

»Wussten Sie das nicht?«, sagte ich.

»Darüber haben wir nicht gesprochen«, sagte Gerlinde Falter mit einem unruhigen Blick in Richtung Kassenraum.

»Aber Sie wissen, dass Cölestin Korbinian verheiratet ist«, sagte ich.

»Das weiß ich.«

»Kennen Sie seine Frau?«

»Nein.«

»Wann haben Sie die junge Frau zum letzten Mal gesehen, Frau Falter?«
Sie überlegte. »Kann ich nicht sagen.«
»Ungefähr«, sagte ich.
»Vor einem Monat ungefähr.«
»Hat Herr Korbinian für sie bezahlt?«
»Bei mir nicht. Er selber zahlt schon lang nicht mehr. Er hat eine Dauerkarte.«
»Das bedeutet, er kann das ganze Jahr über, wann er will, ins Haus der Kunst gehen.«
»Nein«, sagte Gerlinde Falter. »Eine Dauerkarte gilt nur für die Dauer einer Ausstellung.«
»Einer einzigen?«, sagte ich.
»Genau.«
»Und für welche Ausstellung hat Cölestin Korbinian eine Dauerkarte?«
»Für Spitzweg natürlich.«
»Warum natürlich?«
»Weil das unsere beliebteste Ausstellung ist. Sie ist schon zweimal verlängert worden.«
»Wann hat sie begonnen?«
»Am zehnten Dezember letzten Jahres«, sagte Gerlinde Falter.
»Und seitdem geht Herr Korbinian rein«, sagte ich.
»Regelmäßig.«
»Auch am vergangenen Freitag.«
»Das weiß ich nicht.«
»Sie haben ihn nur hier in der Cafeteria gesehen«, sagte ich.

»Genau.«
»Vorher nicht.«
»Hab ich doch schon gesagt: Nein.«
»Wie lange haben Sie an diesem Tag gearbeitet?«
»Von nachmittags um drei bis abends um zehn.«
»Herr Korbinian könnte also vorher in der Ausstellung gewesen sein.«
»Nein«, sagte sie bestimmt.
»Warum nicht?«
»Er kommt nie vor drei.«
»Wenn er am Freitag in die Ausstellung gegangen wäre, hätten Sie ihn gesehen«, sagte ich.
»Vermutlich«, sagte sie. »Aufgefallen ist er mir erst bei seinem Wortwechsel mit Hans.«
Endlich stand ich auf, streckte den Rücken, legte den Kopf in den Nacken und schloss die Augen. Als ich sie wieder öffnete, stand ein älteres Ehepaar vor mir.
»Kreislaufprobleme?«, fragte der Mann, der eine graue Windjacke und knielange graue Hosen trug.
»Nein«, sagte ich.
»Das ist schon ein Geschwitz in dieser Hitz!«, sagte die ältere Frau in der gelben Bluse und dem grauen Rock.
»Unbedingt«, sagte ich.
Dann ging ich zu Hans Baumgartner, der gerade Teller mit frischem Obstkuchen in die Vitrine stellte.
»Der hat mich fertig gemacht«, sagte der Kellner, der gleichzeitig den Ausschank besorgte. »Er hat behauptet, ich hätt ihn bestohlen, der hat nicht mehr damit aufgehört ... Möchten Sie eine Sahne dazu?«

Die Frau vor dem Tresen verneinte.
»Unglaublich, der Typ! Der ist dauernd hier auf und ab geschlichen, hin und her, total irre irgendwie, auf und ab ... Das Besteck ist da vorn.«
Die Frau mit dem Tablett bedankte sich und ging zu einem der Tische, von denen die meisten inzwischen frei geworden waren.
Ich sagte: »Was sollen Sie ihm denn gestohlen haben?«
»Ein Spektiv!« Baumgartner polierte mit einem Geschirrtuch Gläser.
»Was ist das?«, sagte ich.
»Hab ich ihn auch gefragt. Er hats mir aber nicht gesagt. Er hat gesagt, das braucht er zum Schauen.«
»Ein Fernglas?«, sagte ich.
»Wahrscheinlich. Wir haben schon geschlossen gehabt, da kommt der auf einmal daher!«
»Woher ist er gekommen?«, sagte ich.
»Was?«
»Kam er aus der Ausstellung?«
»Woher sonst?«
»Von draußen.«
»Von draußen?... Tomatensaft ist heut aus, Traubensaft hab ich.«
Die Frau an der Theke überlegte.
»Von draußen garantiert nicht«, sagte Baumgartner.
»Warum denn nicht?«
»Dann nehm ich ein Mineralwasser«, sagte die Frau.
»Weil um die Zeit kommt niemand mehr von draußen, um zehn ist hier Schluss.«

»Sie haben also nicht gesehen, woher Cölestin Korbinian gekommen ist«, sagte ich.
»Tut mir echt Leid«, sagte Baumgartner. »Macht eins achtzig, bitte.«
»Ganz schön teuer«, sagte die Frau.
»Wo ging er nach dem Streit hin?«, fragte ich, nachdem die Frau bezahlt hatte.
»Hab ich nicht gesehen«, sagte Baumgartner. »Ich bin hinter in die Küche. Und als ich zurückgekommen bin, war er weg, Gott sei Dank!«
Er trocknete sich die Hände am Geschirrtuch ab.
Ich ging zurück zu Gerlinde Falter, die wieder an der Kasse saß.
»Für wie hoch halten Sie die Wahrscheinlichkeit, dass Herr Korbinian am Freitag in der Ausstellung war?«
Sie zögerte nur einen kurzen Moment. »Der war am Freitag nicht in der Aussstellung, das hätt ich gemerkt, ganz sicher.«
»Dann hat sich Cölestin Korbinian in ein Phantom verwandelt«, sagte ich.
»Der arme Mann«, sagte Gerlinde Falter voller Sanftmut.

Ein etwa vierjähriges Mädchen räumte gewissenhaft die Packungen mit den Batterien auf den Boden, eine nach der anderen, es kniete vor dem Regal, und wenn seine Mutter es am Arm greifen und in die Höhe ziehen wollte, schrie es laut auf. Vor mir in der Schlange, die bis zur gläsernen Schiebetür und in den Vorraum, wo sich die gelben Schließfächer befanden, reichte, unterhielten sich eine Frau um die fünfzig und ein Mann um die sechzig über die Servicewüste Deutschland.

»Das ist doch ... so was ... in Amerika, also ...«, sagte er, zeigte nach vorn, wo drei Schalter geöffnet hatten, an denen Kunden bedient wurden, und patschte sich mit der flachen Hand gegen die Stirn.

»Wieso sind nicht die vier Schalter auf?«, sagte die Frau. »Das gibts nur bei der Post. Wo Sie hinkommen, stehen Sie an! Ganz gleich, das Postamt.«

»Die machen doch ... Beamte ... Pension, wenn unsereiner ...«, sagte der Mann.

»Die Post ist inzwischen privatisiert«, sagte ein anderer Mann mit einem prall gefüllten braunen Kuvert in der Hand.

»Kriegen doch ihre Bezüge ... ist doch subventioniert ... das ist doch ...«, sagte der Mann und zeigte wieder zu den Schaltern.

Inzwischen wurden in dieser Filiale außer Batterien auch Aktenordner, Stifte, Glückwunschkarten, Blocks, Packen mit 500 Blatt Papier, Kuverts in allen Größen und Büroartikel verkauft. Die Schalter wirkten provisorisch. Nichts war von den alten Postämtern mit den schweren Tischen geblieben, an denen Kugelschreiber festgebunden waren und auf denen kleine Schwämme in grünen Plastikbehältern zum Befeuchten der Briefmarken standen, in fensterlosen, nach Holz, Kartonagen und PVC riechenden Räumen. Und an den Wänden hingen bunte Briefmarken hinter Glas, und gut sichtbar waren irgendwo eine Uhr und ein Kalender angebracht.

Im Postamt an der Fraunhoferstraße fehlte eine Uhr. Da ich nie eine bei mir trug, wollte ich gerade den Mann vor mir fragen, als ich an die Reihe kam.
»Ja, Sie sind dran, der Schalter ist doch frei!«, sagte die Frau hinter mir.
Ich erkundigte mich nach Magnus Horch, doch der hatte heute frei. Die junge dunkelhaarige Frau, die mich, nachdem ich ihr meinen Dienstausweis gezeigt hatte, fragte, ob wir schon wüssten, was mit ihrem Kollegen Korbinian passiert sei, trug ein Namensschild an der Bluse und machte im Gegensatz zu ihren beiden hektisch agierenden und genervt dreinschauenden Kollegen einen fast entspannten Eindruck.
»Es gibt wenig Neues«, sagte ich. »Kennen Sie ihn näher, Frau Schäfer?«
»Er hat mir sehr geholfen, als ich hier angefangen hab, aber private Dinge haben wir nicht ausgetauscht.«
»Er geht gern in Ausstellungen«, sagte ich.
»Wirklich?«, sagte Diana Schäfer. »Hätt ich nicht gedacht.«
»Warum nicht?«
»Weil er nie was erzählt, manchmal erwähnt er seine Frau, oder wenn er mit ihr bei Herrn Horch zum Essen war, dann hat er am nächsten Tag eine Bemerkung gemacht, nicht zu mir, ich hab sie nur zufällig aufgeschnappt. In was für Ausstellungen denn?«
»Spitzweg zum Beispiel.«
»Der mit dem ›Armen Poeten‹?«
»Ja«, sagte ich.

»Dauerts noch lang?«, fragte eine Frau in der Schlange, und ich wusste sofort, dass ich gemeint war. Ich drehte mich um.

»Vielleicht«, sagte ich und wandte mich wieder an Diana Schäfer. »Hat ihn mal eine junge Frau um die zwanzig hier besucht?«

»Das kann ich wirklich nicht sagen, wir haben so viele Kunden jeden Tag.«

»Blonde längere Haare, nicht direkt schlank ...« Diese Formulierung hatte Gerlinde Falter benutzt, als ich sie bei der Verabschiedung um eine Beschreibung von Korbinians Begleiterin gebeten hatte. Allerdings waren ihre Angaben extrem vage. »Sie soll eine Halskette mit einem blauen Stein tragen.«

»So wie Sie!«

»Vielleicht.«

»Kenn ich nicht«, sagte Diana Schäfer.

In einem Adressbuch suchte sie mir Horchs Privatnummer heraus. Ich ging an der immer noch langen Warteschlange vorbei zu den Telefonapparaten außerhalb des Gebäudes.

»Die Post, die bräucht mal eine saubere Konkurrenz«, sagte ein Mann in der Reihe. »Dann würden wir hier nicht so blöd rumstehen.«

Ich war mir sicher, er würde spätestens in fünf Minuten ebenso blöd drankommen, wie er rumgestanden hatte.

Auf der Wiese zwischen lang gezogenen, zweistöckigen Wohnblocks saß sie in einem Liegestuhl und hielt sich,

als ich näher kam, wie von der Sonne geblendet, die Hand an die Stirn. In einem weißen Plastikständer steckte ein roter Sonnenschirm, dessen Spannweite ungefähr zwei Meter betrug. Nachdem niemand die Wohnungstür geöffnet hatte, wollte ich die Frau fragen, ob sie das Ehepaar Horch kenne.
»Ich bin Frau Horch«, sagte sie.
Ich stellte mich vor.
»Mein Mann ist nicht da«, sagte sie und lehnte sich zurück.
Sie trug einen grünen Badeanzug, der sie, wie ich fand, nicht gerade verschlankte.
»Kennen Sie Cölestin Korbinian?«, sagte ich. Die Sonne schien derart heiß auf mich herunter, dass ich hätte meinen können, ich wäre ihr einziges Lustobjekt.
»Wir laden sie manchmal zum Essen ein. Ist Ihnen nicht heiß?«
»Doch«, sagte ich. »Mit ›sie‹ meinen sie das Ehepaar Korbinian.«
»Ja. Kommt aber nicht so oft vor.« Unter dem Sonnenschirm stand eine Kühltasche. Silvana Horch nahm eine Flasche Wasser heraus und trank. »Hier ist noch eine Dose Cola, mögen Sie die?«
»Eher nicht«, sagte ich. »Gehen Sie auch manchmal zum Essen zu den Korbinians?«
»Wir waren zwei- oder dreimal dort, aber ich hatte den Eindruck, sie laden uns nur aus Pflichtgefühl ein. Cölestin hat kaum was geredet, es war ihm, glaub ich, nicht recht, dass wir da waren. Er ist schon ein Eigenbrötler.«

Sie schraubte die Flasche zu und stellte sie zurück in die Tasche.

»Was war Ihr erster Gedanke, als Sie gehört haben, dass er verschwunden ist, Frau Horch?«

»Dass er bei einer anderen Frau ist«, sagte sie.

»Trauen Sie ihm das zu?«

»Das trau ich jedem Mann zu.«

»Ihrem eigenen auch?«, sagte ich.

»Sprechen wir jetzt über meinen Mann?«

»Nein«, sagte ich. Ich empfand ein merkwürdiges Stechen am Gaumen, vielleicht hatten die Sonnenstrahlen bereits ein Loch in meinen Kopf gebrannt und drangen nun tief ins Innere vor.

»Wo ist er im Moment?«

»Beim Tischtennis.«

»Bei dieser Hitze?«

»Er besucht einen Freund, der hat in seinem Keller eine Platte stehen, da unten ist es kühl, ich hab auch schon mitgespielt.«

»Heute aber nicht«, sagte ich.

»Nein«, sagte Silvana Horch und kratzte sich an den Beinen, wo sie einen leichten Sonnenbrand hatte. »Unsere Tochter wollte kommen, deswegen bin ich dageblieben. Vorhin hat sie angerufen und gesagt, sie muss eine Freundin ins Krankenhaus begleiten, die zusammengebrochen ist. Hitzeschock oder so. Ist wohl nicht so schlimm.«

»Wie alt ist Ihre Tochter?«

»Zwanzig, sie studiert und jobbt nebenher in einem Hospiz. Ich find das, ehrlich gesagt, einen ziemlich harten Job, aber sie wollte ausdrücklich da hin. Ist ja auch sehr verantwortungsbewusst.«

»Studiert sie Kunstgeschichte?«

»Woher wissen Sie das?«

»Ich habe geraten«, sagte ich.

Sie richtete sich auf und betrachtete mich kritisch.

Ich schwieg.

Die Haare klebten an meinem Kopf, das Hemd klebte an meinem Körper, die schwarze Lederhose klebte an meinen Beinen, und ich klebte am Rasen.

»Hat er jetzt eine Freundin, der Cölestin?«, sagte Silvana Horch.

»Er hat eine Bekannte, die ihn aber auch seit Tagen nicht gesehen hat.«

»Dann hat er meinem Mann also doch keinen Unsinn erzählt. Ich hab das nämlich nicht geglaubt, als er mir gesagt hat, der Cölestin hätt eine Geliebte.«

»Er hat keine Geliebte«, sagte ich. »Er hat eine Bekannte.«

»Sie wollen nur nicht alles verraten«, sagte Silvana Horch und wandte sich von mir ab.

»Kennt Ihre Tochter Herrn Korbinian?«

»Sie war mal beim Essen mit dabei. Sonst hat sie ihn, glaub ich, nie getroffen. Woher haben Sie gewusst, dass Sie Kunstgeschichte studiert. Ich bezweifle, dass Sie das nur geraten haben.«

»Ich war heute in einer Ausstellung«, sagte ich. »Es war nur so eine Bemerkung.«

»In welcher Ausstellung waren Sie?«

»Spitzweg«, sagte ich. »Im Haus der Kunst.«
»Davon hab ich gehört, die soll interessant sein, der ›Arme Poet‹ ist aber nicht dabei. Stimmt das?«
»Ja«, sagte ich, obwohl ich es nicht wusste. »Sagen Sie mir, Frau Horch, was Sie über Cölestin Korbinian denken. Was ist das Ihrer Einschätzung nach für ein Mann, abgesehen davon, dass er ein Eigenbrötler ist.«
Nach einer Weile sagte sie: »Ich möcht nichts Schlechtes über ihn sagen, ehrlich nicht, er ist ein Freund meines Mannes, ein guter Bekannter, sie kennen sich schon lang. Gemeinsam Tischtennis haben sie aber noch nie gespielt, ich kann mir nicht vorstellen, dass Cölestin überhaupt Sport treibt. Das ist komisch, irgendwie kennen wir ihn seit vielen Jahren, und wenn wir uns dann mal sehen, ist es, als würden wir uns zum ersten Mal treffen, ich weiß gar nichts über die beiden, über seine Frau auch nicht, sie arbeitet halbtags in einem Kindergarten, sie hilft da und dort aus, sie geht also schon unter Leute. Aber wenn Magnus von Cölestin erzählt, heißt es immer: Er war das ganze Wochenende zu Hause, er war den ganzen Urlaub zu Hause, er ist bei seiner Frau, sie haben einen Ausflug in den Westpark gemacht, sonst nichts. Da passiert sonst nichts. Geht mich auch nichts an. Ich sag das nur, weil Sie danach fragen. Wie soll ich den Cölestin beschreiben? Freundlich, auf jeden Fall, höflich, nett, und die Kunden lieben ihn, der hat richtige Fans, wie mein Mann immer sagt, Leute, die sich nur von ihm bedienen lassen. Im Viertel kennen ihn auch alle. Er ist da sogar, glaub ich, aufgewachsen. Er hat keine Hobbys, er verreist nicht

gern. Keine Kinder. Seit dreißig Jahren verheiratet. Ein Postbeamter mit Leib und Seele. Mehr wüsst ich jetzt nicht über ihn zu sagen.«
»Mögen Sie ihn?«, sagte ich.
Sie zuckte mit den Achseln. »Wie gesagt, wir laden die beiden manchmal zum Essen ein, meinem Mann ist das irgendwie wichtig.«
»Ich würde gern mit Ihrer Tochter sprechen«, sagte ich.
»Warum?«
»Sie ist Cölestin Korbinian immerhin ein Mal begegnet.«
»Aber sie weiß nichts über ihn!«, sagte Silvana Horch mit Nachdruck.
Ich sagte: »Da ist sie nicht die Einzige.«
Nahezu gegrillt ging ich kurz darauf an dem Genossenschaftsgebäude mit den blauen Fensterläden vorbei, in dem die Horchs wohnten, und es kam mir vor, als hätte die Sonne sämtliche Schatten gewissenhaft vor mir versteckt. Und mein Dienstwagen, der in der Achentalstraße stand, hatte sich mittlerweile in einen Hochofen verwandelt.

Mit einem Mal war es dunkel geworden. Wir standen beide am Fenster des gelben Zimmers und warteten auf die erste Explosion der Luft in unserer Nähe. Bei geschlossenem Fenster hörten wir den Wind kaum, wir sahen, wie die Zweige der Linde hin und her schlugen, die grünen Blätter flatterten wild, und Staubschwaden wirbelten über den Innenhof. Seit ich in meine Wohnung gekommen war, hatten Martin Heuer und ich kein Wort ge-

wechselt. Als ich das Zimmer betrat, stand er schon am Fenster, mit dem Rücken zur Tür, barfuß, reglos.
Und dann zerriss eine elektrische Helligkeit das graue, träge Abendlicht, und vom gewaltigen Donner erzitterte die Scheibe. Seine Wucht übertrug sich auf uns, und unwillkürlich wichen wir mit dem Oberkörper zurück, als fürchteten wir, das Glas könne splittern. Innerhalb von ein paar Sekunden stürzte harter, von Hagelkörnern durchsetzter Regen herab, zum zweiten Mal in dieser Woche.
Wir rührten uns nicht von der Stelle. Schon beim nächsten Schlag hatten wir uns an den Donner gewöhnt und reagierten nicht mehr. Als es aufhörte zu regnen, abrupt wie es begonnen hatte, ging Martin in das kleine Zimmer, in dem er fünf Tage übernachtet hatte, und holte seine blaue Sporttasche.
An der Tür sagte er: »Jetzt ist es besser.«
Aber ich wusste, der Kerl mit den gestohlenen Unterhosen schoss immer noch auf ihn.
Jede Nacht hatten wir miteinander gesprochen, waren in anderen Zeiten eingekehrt wie in Gasthäusern, deren Tische nur für uns reserviert waren, begegneten Martins Eltern und meinen Zieheltern, verweilten unter einem Baldachin aus Sommer und Selbstversessenheit. Außer uns existierten nur Schatten, gegenseitig übertrumpften wir uns in heldenhaften Posen und Taten, und als Beweis für unsere Einmaligkeit reichte uns ein Blick in jeden Spiegel, ob in Häusern oder an Autos, in jedes Schaufenster und jede Pfütze und am Ende in den unbestechli-

chen See. Schau, das bin ich, dich sieht man gar nicht richtig!
Tagsüber arbeitete ich weiter an der Vermissung des Cölestin Korbinian, und mit jeder Abenddämmerung erkannte ich ihn weniger. Dabei war er da, nah wie Martin. Doch wie diesen ließ ich den Postmann von der Feuerwache wieder und wieder weggehen, als wäre ich ein Fahnder, der im Fach Wundenkunde immer bloß abwesend aus dem Fenster gesehen hatte.

10

Ich war, bevor ich Silvana Horch angetroffen hatte, weil ich noch einmal an einem ruhigen Ort mit ihrem Mann sprechen wollte, vor allem über dessen wahre Vermutungen, was Korbinians ominöse Freundin, wie er sie betont genannt hatte, betraf, nur kurz in der Spitzwegausstellung gewesen, etwa eine halbe Stunde. Was mir, der ich als einzigen Maler van Gogh bewunderte – wegen seiner Bilder natürlich, von denen ich bis dahin nur zwei oder drei im Original kannte, aber nicht weniger wegen seiner Briefe, in denen ich regelmäßig Zuflucht suchte – und der ich mir ansonsten kaum Zeit für bildende Kunst nahm, als Erstes auffiel, war die Stille, die von Spitzwegs Bildern ausging, nicht nur bei den Landschaftsmotiven.

Es kam mir vor, als würden die Menschen – Priester, Wäscherin, Bauernmädchen oder verschrobene Wissenschaftler – in einer Welt aus lautloser Geborgenheit ihre Gewohnheiten pflegen und ihre Tätigkeiten in der immer gleichen, geordneten Weise verrichten. Sogar das nächtliche Ständchen, das ein Septett einer Frau an einem fernen, rötlich erleuchteten Fenster darbringt, erschüttert die türkise Stille rund um den Bonifatiusbrunnen nicht. Vielleicht haben die Herren ihr Spiel und der Galan im blauen Cape seinen Gesang bereits beendet, vielleicht beginnen sie erst damit, im Augenblick, in dem sich der Vorhang hebt, herrscht jedenfalls stumme Übereinkunft zwischen den Personen und den Dingen. Und es erschien mir unvorstellbar, dass im Turm von St. Peter, der verschattet im Hintergrund aufragt, plötzlich die Glocken schlagen könnten, obwohl ein winziger Schimmer, im gleichen Orangerot wie der hinter der dunklen Frauensilhouette, von jemandem, der möglicherweise in genau zehn Minuten am Seil ziehen muss, kündet. Aber so weit ist es noch lange nicht, vorher wird der Vorhang wieder fallen, und wir nähern uns wie auf Zehenspitzen dem nächsten Gemälde.

Und dann bemerkte ich das Licht. Es dringt vor bis in die niedrigsten, verschachteltsten Stuben, in gewundene, von Steinmauern erdrückte Gassen ebenso wie in Höhlen und Schluchten, es kommt wie aus dem Nichts oder dem Himmel, es legt die Röte auf den Wangen schüchterner Frauen bloß und die Traurigkeit in den Augen verwelkter Männer, es umspielt Spaziergänger und ausgelassen herumtobende Kinder, es zelebriert die Ornamente der lebendigen Natur und zeichnet die Risse der Stadtmauern nach, es modelliert die Schatten der Einsamen in ihren Erkerzimmern und erfüllt das Treiben auf den Marktplätzen mit Heiterkeit, es weitet den Blick und strömt wie eine ewige Zuversicht durch alles Geschehen.

Und dieses Licht reicht bis in eine andere Zeit, bis zu der Stelle, an der ich stand und glaubte, ich würde mein Schauen neu erfinden. Und als könnte ich mich neben den schwarz gekleideten Mann mit dem Zylinder auf die Bank setzen – so verlockend wirkte der Strahl, der auf ihn fiel und sich vor seinen klobigen Schuhen an die Steine schmiegte. Der dickliche Mann, ein Witwer mit einem weißen Tuch in der linken und einem runden Medaillon in der rechten Hand, blickte mit einem Ausdruck vager Hoffnung in den traurigen Augen zwei flanierenden Damen hinterher, von denen die eine halb den Kopf wandte, als wolle sie den stummen Mann im nächsten Moment ansehen. Ich stand zwei Meter schräg vor der Bank und wünschte, die Frau würde das unterdrückte Flehen des Witwers erhören. Doch schon waren die beiden verschwunden. Der Mann wandte den bleichen Kopf mit den geröteten Ohren mir zu, und ich erkannte meinen Kollegen Paul Weber. Und wir sahen uns lange schweigend an. Und dann senkte er den Kopf, und ich wusste, in seiner Nähe hatte ich jetzt keinen Platz. Ich machte einen Bogen um den Lichtteppich vor ihm, ging mit unhörbaren Schritten an den Skulpturen zwischen den Büschen vorüber, und der Geruch nach feuchter Erde und würzigen Gräsern vermischte sich mit dem Duft verwehenden Eau de Colognes. Und ohne mich noch einmal umzuwenden, bemerkte ich, wie Weber den Zylinder abnahm und sich mit dem großen weißen Tuch den Kopf abtupfte.

»Sie verderben sich die Augen!«, sagte jemand, und ich wich von dem Bild oder aus dem Bild zurück, das wie so viele andere in dieser Ausstellung eine Seitenlänge von nicht mehr als sechzig Zentimetern hatte.

Er saß noch da, der schwarz gekleidete Mann mit dem Medaillon in der Hand, und die eine der beiden Damen, jene, die ein rosafarbenes Kleid und ein cremefarbenes Tuch trug, wandte halb den Kopf, wie es nie anders sein durfte.

»Ich hab Sie beobachtet«, sagte Gerlinde Falter. »Sie stehen seit zehn Minuten vor diesem einen Bild.«
Ich sagte: »Hat Herr Korbinian ein Lieblingsbild?«
»Nein«, sagte sie.
»Sie schwindeln«, sagte ich.
Carl Spitzweg hätte kein passenderes Rot für ihre Wangen finden können.

Das Staunen trug einen dunklen Hosenanzug mit einem silbernen Delfin als Brosche. Mit einem kurzen Halt auf jeder Stufe stiegen Nero und ich die Treppe hinunter, und ich sah mich nicht um. Als wir das Parterre erreichten, keuchte der Hund, und ich wartete neben ihm. Von oben rief das ausgehefertige Staunen: »Wenn er nicht mehr will, kehren Sie einfach um!«
Vor der Haustür hielt Nero mit zuckenden Beinen inne und tapste dann nach links und blieb an der Kreuzung stehen. In der Hoffnung, ihn zu einer Reaktion zu bewegen, zog ich an der Leine, und er trippelte wahrhaftig schnurstracks über die Kundigundenstraße. Vermutlich kam sein Frauchen, perplex wie sie war, zu spät zu ihrem Cateringtermin. Zuerst hatte sie meinen Vorschlag, mit ihrem blinden Hund einen Spaziergang zu unternehmen, für rührend gehalten, und sie fragte mich, ob ich vergessen hätte, dass er mit niemandem die Wohnung verlasse, auch nicht mit ihr, ausgenommen mit Cölestin Korbinian. Nachdem ich mich auf den Boden gesetzt und meine Hand vor die Schnauze des Hundes gehalten hatte, schnüffelte er zunächst daran

und trollte sich dann auf seine Decke, und es sah aus, als würde er jeden Moment seiner Lieblingsbeschäftigung nachgehen, dem Schlafen. Ich kauerte vor ihm und kraulte seinen Kopf. Ein einziges Ruckeln und Zucken durchlief seinen mageren Körper, sein Fell vibrierte unaufhörlich, und er lag da, scheinbar entspannt, fast gelangweilt, ließ sich streicheln und gab keinen Laut von sich. Sie sei in Eile, sagte Annegret Marin und leckte sich die Lippen, die sie gerade geschminkt hatte, es sei ja fürsorglich von mir, mich mit Nero zu beschäftigen, und sie selbst habe auch schon überlegt, ob der Hund womöglich etwas über Cölestins Verschwinden wisse, sofern ein Hund eben so etwas wissen könne. Und noch dazu ein blinder, fügte ich hinzu, was sie gemein fand. Trotzdem: Wie ich denn auf die Idee gekommen sei, ausgerechnet über Nero eine Spur zu Cölestin zu finden, und ob mein Vorgesetzter das nicht extrem merkwürdig finden würde, wenn ich bei meinen polizeilichen Ermittlungen auf die Mithilfe eines Hundes, der noch dazu definitiv kein Spürhund sei, angewiesen sei.
Ich erklärte ihr, mein Vorgesetzter wisse nichts davon, heute Nacht hätten mein Kollege Martin Heuer und ich uns eine Geschichte aus unserer Kindheit erzählt, und danach sei ich überzeugt gewesen, Nero könne mir bei der Suche helfen. Aber wieso denn?, fragte Annegret Marin, und ich erwiderte, weil er als Einziger Cölestin Korbinian auf dessen geheimen Wegen begleitet habe. Er war hier im Karree!, sagte sie, das war doch nicht geheim, ein Haufen Leute sind ihnen begegnet! Ich habe nieman-

den getroffen, der die beiden gesehen hat, sagte ich. Dann hätte ich die verkehrten Leute gefragt! – Kann sein, sagte ich.
Dann fragte ich Nero mehrmals, ob er Lust habe mit mir spazieren zu gehen, und als ich die Leine am Halsband befestigte, erhob er sich mit zittrigen Beinen, verharrte auf der Decke, ich zog behutsam an der Leine, und er bewegte sich ruckelnd durchs Zimmer.
Das gibts doch gar nicht!, sagte Annegret Marin. Ich winkte ihr zu und öffnete die Tür. Nehmen Sie einen Schlüssel mit, ich muss jetzt weg!, rief Annegret und kam hinter uns her.
Noch nie in meinem Leben hatte ich einen Hund Gassi geführt.
Und jetzt ließ ich mich von einem blinden Hund führen.
Dankbar erzählte ich ihm unterwegs die Geschichte vom blöden Hund, den jeder im Dorf so genannt hatte. Und er war blöde, auch wenn sein Besitzer, der hinkende Herr Pankratz, sich sein ganzes Leben lang darüber empörte. Rummel, so hieß der Dackel mit dem grauen Fell, das Herr Pankratz als silbern bezeichnete, verliebte sich in Mischa, die keine Hündin war, sondern eine verwegene, Vögel, Mäuse und Hühner jagende Katze. Und sie brauchte nicht lange, um zu merken, dass der Hund des Nachbarn hinter ihr her war, vom Herzen als auch von den Beinen her. Leider verbrachte Mischa einen Großteil des Tages auf Apfel- und Birnbäumen, und weil die Liebe ihn trieb, kletterte Rummel ihr hinterher. Sie lockte ihn immer höher hinter sich her, bis er entweder aufgab und

mit waghalsigen Verrenkungen den Rückzug zum Boden antrat oder anfing zu kläffen. Dann kläffte er so lange, bis jemand zu ihm hinaufkletterte, ihn in den Arm nahm und mit übertriebener Sanftmut in der Wiese absetzte. Dann aber war Mischa längst verschwunden, und aus Rummels Augen sprach eine solche Traurigkeit, dass man dachte, er fange jeden Moment an zu weinen.

Den ganzen Sommer über verfolgte er seine Geliebte, manchmal durfte er sie sogar beschnuppern, und sie tätschelte mit der Tatze sein Gesicht. Sie tollten durchs hohe Gras, und Herr Pankratz erzählte jedem, auch dem, der es nicht hören wollte, was für ein außergewöhnlicher, einmaliger Hund sein Rummel sei.

Martin und ich und die meisten anderen Kinder hielten Rummel für blöde, und als er an jenem Oktobernachmittag, an dem es unerwartet begonnen hatte zu schneien, vom Baum fiel, fühlten wir uns in unserer Einschätzung vollkommen bestätigt. Wieder war dieser kurzbeinige, übergewichtige geile Hund seinem Lustobjekt hinterhergekraxelt, und zwar höher als je zuvor, und weil es immer heftiger schneite und die Äste und Zweige nass und glitschig waren, verlor er nicht nur die Orientierung, sondern auch den Halt und blieb, bevor er vor unseren Füßen im Schneebett landete, mehrmals im Fallen hängen, schlug mit dem Kopf gegen den harten Stamm und drehte unheimliche Pirouetten.

Den blutenden und winselnden Dackel brachten wir zu Herrn Pankratz, der ihn in eine Decke wickelte und in seinem rachitischen Opel zum Tierarzt in die Kreisstadt fuhr. Rummel kehrte als dreibeiniges Wrack nach Taging zurück, sein viertes Bein bestand nur noch aus einem Stumpen.

Und er kläffte nicht mehr und schien Mischa vergessen zu haben oder nicht wiederzuerkennen. Sie kam ihn besuchen und tätschelte sein Gesicht, er hätte sie beschnuppern dürfen, doch er lag bloß in seinem Korb und gab ein leises Stöhnen von sich und wurde, weil er sich kaum noch bewegte, immer dicker.

Im nächsten Frühjahr, kurz nachdem der Bauer Erpmaier, dessen Grundstück an das Haus des Herrn Pankratz grenzte, zum ersten Mal seine Wiesen gemäht hatte, war Rummel verschwunden. Vor allem wir Kinder suchten tagelang nach ihm, in Geräteschuppen und Ställen, in Kellern, im Unterholz, in den Wäldern oberhalb des Sees und auf dem Gelände des ehemaligen Bahnhofs. Dem Finder hatte Herr Pankratz eine Belohnung von zweihundert Mark versprochen. Das Geld bekam weder Martin noch ich, obwohl wir am eifrigsten von allen fahndeten, sondern die verhutzelte Irma, die Rummel an einem Ort entdeckte, an dem wir aus blanker Todesangst niemals nachgesehen hätten: in einem der beiden neuen Silos auf dem Erpmaierhof.

Irma hatte schon für den alten Erpmaier gearbeitet, auf den Feldern, in der Küche und überall, wo es etwas zu tun gab, und in den vergangenen Tagen hatte sie mehrmals aus dem Betonzylinder Futter für die Kühe geholt und dabei die Luke offen gelassen. Wie Irma, der junge Erpmaier, der Herr Pankratz und einige andere Erwachsene schließlich rekonstruierten, hatte Rummel, woher auch immer er davon wusste, genau zu dieser Zeit zum ersten Mal sein Korblazarett verlassen und war quer über die große Wiese gestakst, zielstrebig auf das Silo zu, in dem er sich dann, umwabert von tödlichem Gärungsgeruch, tief ins Heu hineingrub. Herr Pankratz hatte keinen Zweifel daran, dass sein einzigartiger Dackel Selbstmord begangen hatte. Womit Rummel in der Geschichte des gemeinen Hundes vermutlich eine absolute Sonderstellung einnahm.

»›So ein Blödi‹, hat Martin gesagt«, sagte ich zu Nero, während wir die Pflastersteintreppe neben dem »Brunnenwirt« hinunterstiegen. Der Bach, die Schwarze Lacke, rauschte laut unter den Bäumen. Abgesehen von einigen kurzen Schnupperpausen an Garagentoren und Gartenzäunen hatte Nero mich zielstrebig durch die Gundelindenstraße geführt, war nach links in die Klementinenstraße eingebogen, wo er vor den weißen Hortensien und dem Frauenmantel verharrte, als wisse er plötzlich nicht weiter. Ich überlegte, ob er von den rot aus dem Blattwerk hervorleuchtenden Walderdbeeren gekostet hätte, wenn er fähig gewesen wäre zu sehen. Ich stand etwa zwei Meter von ihm entfernt und wartete auf das zaghafte Rucken der Leine. Dann setzten wir unseren Weg fort, und ich beendete die Geschichte vom blöden Hund.

»Natürlich war er nicht blöd«, sagte ich. »Aber damals hielten wir ihn für die dämlichste Kreatur, der wir je begegnet waren, inklusive des Kanarienvogels von Martins Eltern, der nachts regelmäßig von der Stange kippte, bis

er wahrscheinlich an einer Hirnblutung einging, und des Stiers Alois, der so oft von einer Kuh abrutschte, bis er sich einen Penisbruch zuzog, eine Verletzung, die dem Tierarzt nach eigener Aussage in dieser Form noch nicht untergekommen war.
»Aber dass Rummel zum Sterben in das Silo gegangen ist, haben wir merkwürdigerweise sofort geglaubt«, sagte ich.
Weil Nero sich vor einer Bank in den Kies gelegt hatte, setzte ich mich, lehnte mich zurück, legte den Kopf in den Nacken und schloss die Augen. Mühelos übertönte die Schwarze Lacke das Rauschen des Verkehrs auf dem Isarring, der an den Ausläufern des Englischen Gartens entlangführte. Dann warf ich einen langen Blick auf den stumm und zitternd daliegenden Hund. Vielleicht hatte er sich absichtlich diesen Platz ausgesucht, im Schatten einer Kastanie, deren Blätter von braunen Flecken zerfressen waren und deren graue Äste leblos wirkten. Von diesem Baum fielen schon lange keine stacheligen grünen Schloßen mehr, und ich bemerkte, dass der Boden zwischen Bank und Kastanie übersät war von altem verschrumpeltem Laub. Hinter den Büschen ragten vierstöckige Flachdachbauten mit dunklen, blechverschalten Fenstern auf. Trotz des üppigen und nach dem ersten Sommergewitter in der vergangenen Nacht wie poliert wirkenden Grüns der Sträucher und Hecken durchzog ein Schleier von Verlebtheit und Verlorenheit diesen Winkel, es kam mir vor, als wären Nero und ich die einzigen lebenden Geschöpfe hier, Hinterbliebene aus einer anderen

Zeit, zukunftslos, Wegelagerer in einem erschöpften Universum.

»Komm«, sagte ich. »Wir müssen hier weg.«

Und sofort erhob sich der Hund, schüttelte sich, streckte auf eine groteske Weise die Beine, indem er jedes seiner mageren, zuckenden Beinchen einige Sekunden in der Luft behielt, und es hätte mich nicht überrascht, wenn er durch diese für seine Verhältnisse akrobatisch anmutende Übung umgekippt wäre. Und wieder war er es, der daraufhin die Richtung bestimmte.

Über den leicht ansteigenden Kiesweg – und nicht zurück über die Steintreppe, wie ich vermutet hatte – erreichten wir eine nur für Radfahrer und Fußgänger zugelassene geteerte Straße, von der wir nach links in die Brabanter Straße abbogen, die uns zum »Brunnenwirt« zurückbrachte und ab hier Biedersteiner Straße hieß, gesäumt von zweistöckigen, in Rosa gehaltenen Wohnblöcken.

Niemand begegnete uns. Das fiel mir erst auf, als wir wieder in die Gundelindenstraße zurückgekehrt waren und ich einen Mann in einem verwilderten Garten stehen sah, der in einer Zeitung las. Seit wir das Haus, in dem Annegret Marin wohnte, verlassen hatten, durchquerten wir ein scheinbar unbewohntes Gebiet, kein Passant, der uns entgegenkam, kein Auto, das vorbeifuhr, niemand an einem Fenster, kein Gast saß im Biergarten des »Brunnenwirt«. Es war später Vormittag und vielleicht waren alle Bewohner des Viertels in der Arbeit oder im Urlaub oder mit dem Haushalt beschäftigt, jedenfalls brachte mich der Zeitungsleser in seiner grünen Strickjacke,

einen zerknitterten Stoffhut auf dem Kopf und eine Zigarette zwischen den Fingern, dazu, stehen zu bleiben. Auch Nero hielt wie erstarrt in seinem Trippeln inne.
Der Mann schien mich nicht zu bemerken. Ins Lesen vertieft, blätterte er um, zog an der Zigarette und hob nur abrupt den Kopf, als eine Frau mit einer blauen Schürze über den Shorts aus dem Haus trat und einen Wäschekorb in den hinteren Teil des verwinkelten, dicht bepflanzten Gartens trug. Auf einer Steinplatte neben dem Eingang stand ein Holztrog mit einer Agave, deren geschwungene Blätter an den Spitzen bräunlich ausfransten. Das Rascheln der Seiten beim Umblättern war das einzige Geräusch, das ich wahrnahm.
Minutenlang stand ich vor dem Gatterzaun, mit zeitferner Gelassenheit, sah dem Mann, dessen Alter ich nicht schätzen konnte, beim Lesen zu, und aus einem unerklärbaren Grund wusste ich, er würde mich nicht ansprechen oder sich durch meine Anwesenheit auch nur gestört fühlen. Die Frau, die die Wäsche aufhängte, kam nicht zurück. Dann spürte ich einen Ruck an der Hand, mit der ich die Leine hielt, wandte mich ab und folgte Nero, der nach Hause wollte. Hinter mir hörte ich das Rascheln der Zeitung.
In der Wohnung füllte ich die rote Plastikschale mit kaltem Wasser. Nero trank sie leer, und ich füllte sie erneut. Nur eine halbe Minute nachdem er sich auf seine Decke gelegt hatte, schlief er ein. Ich streichelte seinen knochigen, struppigen Kopf, wartete noch eine Zeit lang auf nichts und verließ das Haus mit der hellgrauen Fassade

und dem von Efeu überwachsenen Eingang. Von einer Telefonzelle aus rief ich Sonja Feyerabend an.
»Das ist doch nicht wahr!«, sagte sie.

Nicht nur, weil sie grundsätzlich ein gestörtes Verhältnis zu Hunden hatte, hörte sie mir mit einer Mischung aus Fassungslosigkeit und Verachtung zu, verzog das Gesicht, als verursache ihr mein Bericht körperliche Pein, und erwog aus einer ununterdrückbaren Anwandlung von Ekel, mich im letzten Moment doch nicht in die Ausstellung zu begleiten.
»Und du hast diesen Köter auch noch gestreichelt?«, sagte sie.
»Unbedingt«, sagte ich.
Vorher hatte sie gefragt: »Und du bist zweieinhalb Stunden mit einem kranken, blinden Hund spazieren gegangen, während deiner Dienststunden?«
»Ich war im Dienst«, hatte ich gesagt.
»Zweieinhalb Stunden?«, wiederholte sie, als wäre sie in der Zeitkantine zuständig für die Verteilung von Stunden, und ich hätte mich unerlaubterweise aus der Vitrine bedient.
»Schneller ging es nicht«, sagte ich.
»Das ist doch Wahnsinn«, sagte sie. Da gingen wir bereits durch die Vorhalle, und ich kaufte bei einer Kollegin von Gerlinde Falter zwei Karten.
»Der Hund ist in gewisser Weise ein Zeuge«, sagte ich.
Sonja beugte sich nah zu einem der Gemälde hin und schüttelte den Kopf.

»In welcher Weise?«, sagte sie mit hämischem Unterton. An ihrer Laune war nicht nur ich schuld, die Bilder gefielen ihr nicht, außerdem drohte ihr an ihrem heutigen freien Nachmittag wieder einmal ein Grundsatzgespräch mit ihrer Mutter, vor dem sie bloß vorübergehend dank meiner Einladung in die Spitzwegausstellung geflüchtet war. Natürlich dachte sie ständig an diese unvermeidliche Auseinandersetzung, aber mein Bericht regte sie nicht weniger auf.

»Hast du ein Protokoll mit ihm gemacht?«, sagte sie.

Nicht einmal die komischen Motive mit den strickenden, gähnenden, gelangweilten Soldaten oder den skurrilen, verschrobenen, rotnasigen Einzelgängern konnten sie aufheitern.

»Ich wollte wissen, welche Wege Cölestin Korbinian gegangen ist«, sagte ich.

Sonja sah sich um, als suche sie ein bestimmtes Bild. »Das hast du mir schon erklärt. Und? Hat der Köter die Spur gewittert?«

»Vielleicht«, sagte ich.

Wir gingen in den nächsten Raum, der unter dem Motto stand: »Der glückliche Winkel«. Nach dem Spaziergang mit Nero hatte ich mir vorgestellt, ich könnte etwas von dem, was ich gesehen hatte, auf einem der Gemälde wiederfinden, bevor ich anfing zu überlegen, was ich überhaupt gesehen hatte. Ich wusste es nicht mehr. Zwanghaft versuchte ich Details zu rekonstruieren, die Ecken, an denen wir abgebogen waren, den Platz unter dem Baum, wo ich auf der Bank gesessen hatte, und ich musste erst nachdenken, um was für einen Baum es sich gehandelt hatte.

Es war, als hätte ich mich außerhalb meiner Erinnerung befunden. Als wäre der Spaziergang selbst kein Erlebnis von mir gewesen, sondern von einem Fremden, der mir vor langer Zeit davon erzählt hatte.

»Und wo genau warst du mit der Töle?«, hatte Sonja mich gefragt.

Und ich hatte nichts weiter zu antworten gewusst als: »Er ist keine Töle, er ist männlich, er ist höchstens ein Töler.«

Sie hatte geseufzt.

Und jetzt stand ich vor einem winzigen Bild und sah darauf einen Mann, der, bekleidet mit einem grünen Morgenmantel, im Garten einer Frau hinterherblickt, die einen Korb, gefüllt mit etwas Dunklem, auf ein Haus im Hintergrund zuträgt. Der Mann liest Zeitung, raucht Pfeife und trinkt Kaffee aus weißem Geschirr, das auf einem Rundtisch hinter ihm steht.

»Sprichst du nicht mehr mit mir?«, hörte ich Sonja sagen.

Ich wollte etwas erwidern, es gelang mir nicht. Als hätten die Worte mir das Gedächtnis entzogen.

Nur ein paar Schritte von diesem Bild entfernt sah ich ein weiteres, nicht viel größeres Werk, das ebenfalls einen Mann in einem Garten zeigte. Aus einer Blechkanne gießt er Wasser unter einen Rosenstrauch, und er bemerkt nicht, wie sich hinter seinem Rücken auf dem Absatz einer Steintreppe ein junges Liebespaar küsst. Neben dem Paar thront auf einer Mauer ein bauchiger Trog, aus dem die schmalen Blätter einer Agave wie grüne Tenta-

kel hervorquellen. Durch das dichte Blätterwerk ringsum fällt sanftes Licht, es bestrahlt die kokette Anmut des Mädchens ebenso wie die Mauer, sodass die gewissenhafte Tätigkeit des Mannes davor umso liebevoller erscheint. Über den Stein windet sich Efeu. Wie am Haus von Annegret Marin.
Etwas hatte sich elementar verändert, etwas in meinem Schauen, etwas um mein Schauen herum, etwas in der Zukunft meiner Erinnerungen.
»Wo bist du gerade?«, fragte Sonja, und ich war erleichtert, sie sofort wiederzuerkennen.
»Hier«, sagte ich. »Hier bin ich.«
»Das seh ich«, sagte sie. »Aber wo noch?«

Abends, in meiner Wohnung, erzählte ich Martin noch weniger als Sonja. Ich sagte ihm nichts von meinem Ausflug mit Nero, nichts von der unheimlichen Stimmung, in die mich die Bilder bei meinem zweiten Besuch im Haus der Kunst versetzt hatten, nichts von meinen Blicken und Wahrnehmungen, die mir gleichzeitig exotisch und seit Urzeiten vertraut vorkamen, nichts von der Nähe, die ich seit diesem Tag zu Cölestin Korbinian empfand, zu seiner Anderswelt, zu seiner Herkunftsfremde.
»Das sieht dann doch nach einem Verbrechen aus«, sagte Martin Heuer.
Wir saßen in der Küche vor unseren leer gegessenen Tellern.
»Wir wissen es noch nicht«, sagte ich.
Martin hob seine Bierflasche. »Möge es nützen!«

Wir stießen mit den Flaschen an.
Martin zündete sich eine Salem ohne an. »Hast du noch jemanden auf deiner Liste?«

»Ich kenn den Mann fast gar nicht«, sagte sie an der Tür ihrer Wohnung, aus der süßlicher Duft strömte.
»Sie waren mit ihm in der Spitzwegausstellung«, sagte ich.
»Woher wissen Sie das?«, sagte sie erschrocken.
»Darf ich reinkommen?«
Sie zögerte, zupfte an ihrer blau karierten Bluse, die sie über die Hose hängen hatte.
»Sie wissen wahrscheinlich mehr über ihn als jeder andere«, sagte ich.
»Nee«, sagte sie.
»Doch«, sagte ich.
Aus der Wohnung nebenan traten zwei dunkelhäutige Männer auf den Flur, der eine sperrte ab, der andere ließ uns nicht aus den Augen. Wortlos gingen sie an mir vorüber und die Treppe hinunter.
»Hier wohnen praktisch nur Ausländer«, sagte Nike Horch.
Ich schwieg.
»Dann kommen Sie halt rein. Aber ich weiß nicht, wo er steckt, das sag ich Ihnen gleich. Möchten Sie einen frisch gepressten Orangensaft?«
»Unbedingt«, sagte ich.

11

In ihrem Zimmer nebelte mich ätzender Rauch ein, zumindest empfand ich die dünne graue Säule, die von dem blauen Stäbchen aufstieg, wie eine Rauchschwade aus dem Schornstein einer chemischen Fabrik.

»Das ist gut zur Entspannung«, sagte Nike Horch. »Atmen Sie den Duft tief ein!«

»Welchen Duft?«, sagte ich und stand, einen Plastikbecher halb voll mit Orangensaft, in einem Zimmer, in dem sich Bücher und Bildbände an den Wänden stapelten und jeglicher Komfort fehlte. Auf dem Boden lag eine zwei Meter breite Matratze, darauf Bettzeug und weitere Bücher, auf der Zentralheizung beim Fenster stand ein Stereorecorder und an der Wand gegenüber der Matratze ein weißer rechteckiger Tisch, überfüllt mit Ordnern, Heften, Stiften und Schreibblöcken. Auf dem Klappstuhl davor hockte ein brauner, zotteliger Stoffbär, den Nike wegnehmen wollte.

Ich sagte: »Ich stehe lieber.«

»Okay«, sagte sie, setzte den Bären wieder hin und schlug ihm sanft auf den Kopf. »Das ist Herr Zahntrost. Ich hab ihn schon, seit ich ein Kind war, er hat mich immer getröstet, wenn ich Zahnweh hatte, und ich hatte oft Zahnweh. Herr Zahntrost kann das bestätigen. Er ist mein Talisman.«

»Können Sie das Räucherstäbchen löschen?«, sagte ich.

»Sie sind total verkrampft«, sagte Nike, ging zum Fens-

terbrett und tippte die Spitze des Stäbchen in einen Aschenbecher. »Außerdem sehen Sie irgendwie merkwürdig aus.«
»Warum?«
»So normal«, sagte sie und zündete sich eine Zigarette an. Dann schaute sie mich an.
Ich schwieg.
»Nicht wie ein Polizist. Mit ihrer Lederhose und dem Leinenhemd und den langen Haaren und dem ... na ja, rasiert sind Sie ja nicht direkt.«
»Auch nicht indirekt«, sagte ich.
»Für einen Polizisten sind Sie auf jeden Fall reichlich normal.«
»Ich bin nicht normal«, sagte ich. »Fragen Sie meinen Vorgesetzten. Wann haben Sie Cölestin Korbinian zum letzten Mal gesehen, Frau Horch?«
»Sagen Sie bloß Nike zu mir! Ich bin zwanzig und ich will nicht, dass es klingt, als würden Sie mit meiner Mutter sprechen.«
»Wann haben Sie Cölestin Korbinian zum letzten Mal gesehen, Nike?«
»Gestern«, sagte sie, ließ sich, Zigarette und Aschenbecher in einer Hand, auf die Matratze fallen und lehnte sich gegen die Wand.
»Sie sollen mich nicht anlügen«, sagte ich.
»Ich weiß schon, was Sie denken, Sie denken, ich hätt gleich die Polizei anrufen sollen. Stimmts, das denken Sie?« Sie inhalierte, fummelte an ihrem Hemd und zog die Beine eng an den eher übergewichtigen Körper. Mit

ihrer Mutter hatte sie kaum äußerliche Gemeinsamkeiten, lediglich die etwas flache Nase und die Art, wie sie ab und zu mit nur einem Auge blinzelte, erinnerten mich an Silvana Horch.
»Herr Korbinian wollte nicht, dass Sie anrufen«, sagte ich.
»Herr Korbinian!«, sagte sie amüsiert. »Das hat er sich verbeten, dass ich ihn so anred, er ist der Cölestin, hat er gleich zu mir gesagt, und er wollt, dass wir uns duzen.«
»Wann war das?«
»Weiß ich nicht mehr. Im Januar.«
»Er hat Sie hier besucht?«
»Nee.« Sie rauchte.
Ich schwieg.
Sie drückte die Zigarette aus, sah mich wieder vom Kopf bis zu den Schuhen an und ihr linkes Augenlid zuckte.
»Sie haben genauso eine Kette wie ich.« Sie zog sie aus dem Hemd und hielt den Stein in die Höhe. »Bei mir ist eine Rose drauf. Bei Ihnen?«
»Ein Adler«, sagte ich. »Das Amulett hat mir ein Schamane geschenkt, als ich ein Kind war.«
»Deswegen haben Sie so lange Haare!«, sagte Nike.
»Weswegen?«
»Weil Sie ein Freund der Indianer sind.«
»Darüber habe ich noch nicht nachgedacht«, sagte ich.
»Und was bedeutet der Adler?«
»Er symbolisiert das Licht der Erkenntnis«, sagte ich.
»Aber es ist trotzdem sehr oft dunkel. Zum Beispiel jetzt.«
Sie sah mich an, versteckte die silberne Kette unter dem

Hemd und lehnte den Kopf an die Wand, wie jemand, der erschöpft ist. »Er wollt nicht, dass ich jemand anruf. Er hat gesagt, er möcht sich nur bei mir bedanken, weil ich ihm so viel über die Malerei und über Spitzweg erzählt hab.«
»Haben Sie ihn nicht gefragt ...«
»Doch«, sagte sie und machte eine Pause. »Ich hab ihn gefragt, was los ist, aber er wollt nicht drüber sprechen. Er hat gesagt, er hat jetzt ein neues Zuhause. Und eine Freundin hätt er auch.«
Ich schwieg.
»Ehrlich, ich hab ihn gefragt, wieso er abgehauen ist und wieso er sich nicht mehr bei seiner Frau meldet.«
Nach einer Weile sagte ich: »Welche Kleidung trug er?«
»Ein blaues Hemd, eine dunkle Hose und einen Hut, seinen Strohhut.«
»Sonst nichts?«
»Was denn noch?«
»Vielleicht einen Mantel, eine Jacke.«
»Nee.«
»Hatte er Gepäck bei sich?«
»Nee.«
»Und er war noch nie zuvor hier bei Ihnen in der Wohnung?«
Nike nickte.
»Wo haben Sie ihn zum ersten Mal getroffen?«
»Auf der Post«, sagte sie. »Ich hab meinen Vater besucht, da sind wir ins Gespräch gekommen, und ein paar Tage später waren er und seine Frau bei uns zum Essen.«
»Haben Sie bei diesem Besuch über Malerei gesprochen?«

»Nicht richtig, meine Eltern haben erzählt, dass ich Kunstgeschichte studier, ich saß bloß so dabei, mich hat dieses Essen zu Tode gelangweilt. Keiner hat richtig gesprochen, die saßen alle da, mampften vor sich hin, und ich hab mich gefragt, was die da machen, wieso die überhaupt hier sitzen? Die hatten sich null zu sagen, die ganze Runde.«

»Und im Januar?«, sagte ich. »Wo haben Sie Cölestin da getroffen?«

»Im Haus der Kunst, er hat mich angerufen und gefragt, ob ich Zeit hätt hinzukommen. Er hat mir sogar Geld angeboten.«

»Wie viel?«

»Fünfhundert.«

»Wofür wollte er Ihnen das Geld geben?«

Sie gab sich einen Ruck, stand auf, kratzte sich am Kopf und öffnete das Fenster. Von der Blütenstraße drangen Stimmen und Motorengeräusche herauf.

»Nachhilfe«, sagte Nike. »Er wollt, dass ich ihm was über Malerei und vor allem über Spitzweg erzähl. Hab ich auch gemacht. Aber das Geld hab ich nicht genommen. Nur einen Hunderter, den wollt er sich nicht abschlagen lassen. Ich kann das Geld gebrauchen.«

»Woher hat er Ihre Telefonnummer?«

»Von meinem Vater, Cölestin hat ihn drum gebeten.«

»Davon hat mir Ihr Vater nichts erzählt«, sagte ich.

Durch die geschlossene Zimmertür waren Schritte zu hören. Kurz darauf ertönte nebenan Musik, relativ laut, relativ unangenehm.

»Maxi ist zurück«, sagte Nike. »Sie studiert auch Kunstgeschichte. Aber hauptsächlich arbeitet sie im ›Blue Moon‹.«
»In der Nachtbar?«, sagte ich.
»Kennen Sie die Bar?«
»Ich war schon dort«, sagte ich.
»Beruflich oder privat?«
»Beides.«
Sie blinzelte mit dem rechten Auge und warf einen Blick zur Durchgangstür zwischen den beiden Zimmern. »Sie hatte Nachtschicht. Das dauert jetzt zehn Minuten, dann schläft sie. Soll ich ihr sagen, sie soll ausmachen?«
»Nein«, sagte ich.
»Möchten Sie noch einen Saft?«
»Nein, danke«, sagte ich.
»Hat er Ihnen nicht geschmeckt?«
»Doch«, sagte ich. Ich stellte den Becher auf den Schreibtisch und nahm meinen kleinen karierten Spiralblock aus der Hemdtasche. »Hat sich Ihr Vater nicht gewundert, dass Cölestin Ihre Nummer wissen wollte?«
»Klar hat er sich gewundert, er hat mich auch angerufen deswegen. Und danach hat er mich ungefähr dreimal pro Woche gefragt, ob sich Cölestin schon gemeldet hat. Hat er nicht, hab ich ihm gesagt, er soll sich beruhigen.«
»Sie haben ihn angelogen«, sagte ich.
Nike kratzte sich am Ohr und lehnte sich gegen das Fensterbrett. »Cölestin hat zweimal angerufen, ich hatt den Eindruck, er wollt mit jemand reden, er hat gesagt, er geht jede Woche in die Spitzwegausstellung, und das wär für ihn wie nach Hause kommen.«

Obwohl diese Bemerkung seltsam und verschroben klang, war ich sofort ganz erfüllt von dem Gedanken, dass Cölestin Korbinian zu Nike die Wahrheit gesagt hatte.

Offenbar dauerte meine innere Wanderung durch efeubewachsene Gärten und von der Rache der Zeit verschont gebliebene Städte und Zimmer so lange an, bis Nike mich am Hemdsärmel zupfte.
»Hallo? Ground control to Major Tom!«
»Woher kennen Sie dieses Lied?«, sagte ich sofort.
»Aus dem Radio«, sagte sie, ging zur Matratze und hob die Zigarettenschachtel und das Feuerzeug auf.
»Ich habe mir vorgestellt, wie Cölestin zu Hause ist«, sagte ich.
Nike zündete sich eine Zigarette an und deutete mit der brennenden Spitze auf die Zwischentür. Im Nebenzimmer war es still geworden.
Ich schwieg. Nike rauchte, hustete, kratzte sich am Bauch.
Nachdem sie die Zigarette fast zu Ende geraucht hatte, sagte sie: »Er wird halt bei dieser Freundin sein.«
»Ich kenne seine Freundin«, sagte ich. »Bei ihr ist er nicht.«
»Dann hat er halt noch eine.«
Weil ich nichts sagte, meinte sie: »Glaubt man gar nicht, dass so ein biederer Mann wie der Cölestin ein Doppelleben führt.«
Ich sagte: »Was für ein Doppelleben?«

»Sie sind wirklich ein eigenartiger Polizist!« Nike drückte die Zigarette aus und stellte den Aschenbecher aufs Fensterbrett. »Der Mann führt doch ein Doppelleben, oder wie würden Sie das nennen? Gibts da einen Spezialausdruck bei der Polizei?«
»Wichtig ist, er führt ein Leben«, sagte ich.
»Ah ja?«
»Er könnte auch tot sein«, sagte ich, als wäre es jetzt an der Zeit, Weisheiten zu verteilen.
»Stimmt!«, sagte Nike. »Ist er aber nicht. Gestern hat er auf jeden Fall noch gelebt. Und nach Alkohol gerochen.«
»War er betrunken?«
»Nee.«
Ich malte Kreise auf den karierten Block. »Hat er Ihnen von einer Krankheit erzählt?«
»Nee.«
»Hat er Ihnen erzählt, dass er manchmal einen Hund ausführt?«
»Einen Hund? Was für einen Hund? Von wem denn?«
»Von einer Freundin.«
»Das ist ja toll!« Nike stemmte die Hände in die breiten Hüften und wiegte den Kopf hin und her. »Da denkt man, der tapert jeden Tag, Jahr für Jahr, in sein Postamt, stempelt sich durch den Tag und geht nach Hause zu seiner Frau und das wars dann. Und dann stellt sich raus, dass er ein total aufregendes Leben führt. Hat mindestens zwei Freundinnen, von der einen führt er den Hund aus, mit der anderen treibt er supergeheime Sachen, und dann geht er auch noch ständig in eine Ausstellung und

bezahlt eine Studentin dafür, dass sie ihm was aus der Kunstgeschichte beibringt. Und jetzt wird er auch noch von der Polizei gesucht, und die findet ihn nicht mal. Der Mann ist doch ein Profi! Wie gehts eigentlich seiner Frau?«
»Sie wartet«, sagte ich. »Hat er keine Andeutungen gemacht, wo er gestern von hier aus hin wollte?«
»Nee.«
»Bitte, Nike, Sie sind jetzt meine beste Zeugin.«
»Gibts Zeugengeld?«, sagte sie schnell.
»Nee«, sagte ich ebenso schnell.

Für Volker Thon war der Fall damit mehr oder weniger abgeschlossen. Nach den aktuellen Erkenntnissen, die auf der Aussage einer absolut glaubwürdigen Zeugin basierten, hielt sich Cölestin Korbinian weiterhin in der Stadt auf, er war gesund und versteckte sich aller Wahrscheinlichkeit nach bei einer Frau, deren Identität wir nicht kannten. Natürlich gab es offene Fragen: Warum trägt Korbinian immer noch dieselbe Kleidung, wenn er nicht gezwungen ist, auf der Straße zu leben? Was meinte er mit der Bemerkung, er fühle sich bei den Bildern von Carl Spitzweg wie zu Hause? Warum hat seine Frau nicht das Geringste von seinen Besuchen im Haus der Kunst und bei Annegret Marin mitbekommen? Wie ist es möglich, dass ihn außer Nike niemand leibhaftig gesehen hat? Nike wohnte in einem Viertel voller Geschäfte und Cafés, die Straßen waren den ganzen Tag bis in die Nacht bevölkert von Passanten, Einkäufern, Studenten, Touristen. Was war letztlich der Auslöser für Korbinians Verhalten? Doch für die Beantwortung dieser Fragen waren wir vom Dezernat 11 im Grunde nicht zuständig.

»Der kommt zurück«, sagte Thon am Abend des elften Juli, wenige Stunden nach meinem Gespräch mit Nike Horch. »Wir informieren die Ehefrau, das ist deine Aufgabe, Tabor, und der Rest erledigt sich von selbst. Und falls es nicht gleich ein Gewitter gibt, lad ich euch zu einer Maß in den Biergarten ein.«

In dieser Nacht, der letzten, die Martin Heuer in meiner Wohnung verbrachte, begriff ich, dass die dauernde Gegenwart eines Menschen im Kreis anderer kein Beweis für seine wahre Existenz sein muss, sie ist vielleicht nur ein Akt von notdürftig erweitertem Alleinsein.

12
Dann kam Sonja wieder in meine Wohnung. Und wenn wir erschöpft und hungrig auf dem Rücken lagen und uns an den Händen hielten, mühte sich draußen der Sommer vergeblich um Schönheit ab, wir im Zimmer waren unsere eigene unermesslich heitere Schöpfung, außerhalb der Dinge, für die wir bezahlt wurden, fern aller Vorschriften und Formulare. Nach meinen bisherigen, manchmal halbwegs geglückten, manchmal rasch verunglückten Verhältnissen mit Frauen gelang mir in Sonjas Nähe öfter als je zuvor wahre Anwesenheit, ein körpervolles Empfinden und zugleich lodernde Gedankenlosigkeit. Ohne von einem vagen Verlangen nach Abstand getrieben zu werden wie früher, blieb ich neben ihr liegen, lange und umfriedet, verschont von lauernden Worten, die mir wie üblich zu Hilfe gekommen wären, wenn ich die Dringlichkeit meines Entfernens vom Tatort hätte erklären müssen. Und am Morgen erwachte ich in der Obhut von Sonjas Haut, die weiß und weich war wie der Schnee meiner Kindheit und dabei wie ein einziges Vergeben aller Kälte.

Es war die Zeit, in der das Glück existierte, und ich war ihm gewachsen.

Und in jeder Nacht sprachen wir von Martin Heuer. Nach seinem Auszug am Abend des zwölften Juli, einem Freitag, hörten wir eine Woche lang nichts von ihm. Er war unterwegs, draußen, weglos, unbehaust und nachtsüchtig. Bestimmt hielt er es nicht lange bei seiner Freundin

Lilo aus, die mit zwei oder drei anderen Frauen aus dem Milieu nahe der Siemenssiedlung eine Wohnung in einem Haus teilte, wo noch andere »Masseusen« ihre Dienste anboten. Wenn er gewollt hätte, hätte Lilo ihn vorübergehend bei sich aufgenommen, sie mochte ihn und neigte ein wenig dazu, ihn zu bemuttern, und gelegentlich ließ er sich auf ihre Fürsorge ein. Doch diesmal jagten ihn die Dämonen von einer Bar in die nächste, von einem Tresen zum nächsten, von einer Sackgasse in die nächste. Als er sich auch am Montag noch nicht meldete, klapperte ich einige seiner bevorzugten Kneipen ab, sprach mit den Wirten, die ich kannte, und den Stripteasetänzerinnen und Huren, denen Martin regelmäßig Geld gab, ohne dafür etwas zu verlangen. In manchen Lokalen kam ich zu spät, er war da gewesen, zwei, drei Stunden lang, und dann wortlos verschwunden, und niemand wusste, wo er sich herumtrieb. Ich rief Lilo an, und sie sagte, er habe das Wochenende bei ihr verbracht, und als er sich am Montagmittag von ihr verabschiedete, habe er versprochen wiederzukommen. Sie wusste sofort, dass er, zumindest in dieser Woche, nicht zurückkommen würde.

»Du musst ihn dazu bringen, zum Psychologen zu gehen«, sagte Sonja und schlug meine Hand eindringlich gegen meinen Oberschenkel.

»Er lässt sich nicht behandeln«, sagte ich.

Sonja drückte meine Hand fester, sagte aber nichts.

Zur Abwechslung übernachteten wir in ihrer Wohnung in Milbertshofen, wohin sie gezogen war, nachdem sie

sich von Karl Funkel getrennt und ihre gemeinsame Altbauwohnung in der Elisabethstraße aufgelöst hatte.
»Niemand außer dir kann ihm helfen«, sagte sie.
Ich schwieg.
Sie hätte sagen müssen: Niemand außer dir *könnte* ihm helfen.
Er schaffte es nicht einmal, sich der Geborgenheit unserer Freundschaft anzuvertrauen.
In diesen Tagen bearbeitete ich fünf aktuelle Vermissungen, zwei davon erledigten sich innerhalb von vierundzwanzig Stunden, bei zweien erhärtete sich der Verdacht, dass sich die Männer, unabhängig voneinander, ins Ausland abgesetzt hatten, und der fünfte Fall betraf einen Jugendlichen, der nach einem Streit mit seinen Eltern wie schon einmal von zu Hause ausgerissen war. Zwar bestritten sowohl der Vater als auch die Mutter, auf irgendeine Weise Druck auf ihren Sohn ausgeübt zu haben, doch nach den Informationen, die ich im Gymnasium erhielt, das der Junge besuchte, stand er ständig unter Stress und musste auf Wunsch oder Befehl seiner Eltern auch am Wochenende zu Hause bleiben und lernen, obwohl bald Ferien und die wichtigsten Klassenarbeiten bereits geschrieben waren. Die Eltern logen mir ins Gesicht. Bei seinem ersten Ausbruch hatte sich der Junge im Keller eines Jugendzentrums versteckt, das leer stand, weil es gerade renoviert wurde. Natürlich fragte ich dort als Erstes nach und durchsuchte die Kellerräume und die Garagen und Schuppen auf den umliegenden Grundstücken. Ich fand keine Spur, niemand hatte den Jungen gesehen.

Auf dem Rückweg fuhr ich in die Blütenstraße und ging dort eine Stunde lang auf und ab, abwechselnd auf der einen und der anderen Seite. Wieso sollte Cölestin Korbinian nicht ein zweites Mal Nike Horch aufsuchen? Vielleicht hielt er sich sogar in der Nähe auf, in einem der schmucklosen, dreistöckigen Häuser mit den ausgebauten Dachgeschoßen, von denen wenig Blütenhaftes ausging. Die dicht beparkte Einbahnstraße wirkte zwischen den Häusern eigenartig eingepresst. In den kleinen Läden, in denen Textilien, Kunsthandwerk oder gebrauchte CDs und Bücher angeboten wurden, zeigte ich den Verkäufern und Kunden Korbinians Foto. Manche erkannten das Gesicht aus der Zeitung wieder, hier in der Maxvorstadt hatten sie den Mann noch nie gesehen.
An der Ecke zur Türkenstraße hatte einer jener neuen Coffeeshops eröffnet, die sich in jüngster Zeit krakenhaft über die ganze Stadt ausbreiteten. Junge Leute tranken Milch mit Kaffeezusatz aus Pappbechern oder gigantischen Schalen und fühlten sich offensichtlich wohl dabei. Einige dieser in mitteleleganter Schlichtheit gehaltenen Läden schienen derzeit angesagte Kuschelecken zu sein oder zumindest wichtige Treffpunkte für Menschen mit am Kopf festgewachsenen Sonnenbrillen und Camperschuhen an den bloßen Füßen. Vielleicht war ich nur neidisch auf diese Form von Entspanntheit, deren Anblick mir augenblicklich einen mentalen Hexenschuss verursachte.
Im »Coffee and more« in der Blütenstraße bestellte ich

einen Espresso und trank ihn an einem Stehtisch vor der Tür. Ich war der einzige Gast.

»Hi!«, rief jemand.

Ich schaute mich um.

Noch im Fahren schwang sich Nike Horch von ihrem Rad und blieb außer Atem vor mir stehen.

»Haben Sie ihn gefunden?«, fragte sie.

»Nein«, sagte ich.

Schweiß lief ihr übers blasse Gesicht, und sie blinzelte nervös mit dem rechten Auge. Sie hatte sich ein violettes Tuch um den Kopf gewickelt, das ihre Stirn vollständig verdeckte.

»Möchten Sie was trinken?«, sagte ich.

»Laden Sie mich ein?«, sagte sie.

»Unbedingt.«

Ich holte ihr eine Cola mit Eis. Sie leerte das Glas in drei Zügen, stöhnte und kratzte sich am Kopf.

»Er hat sich nicht mehr bei Ihnen gemeldet«, sagte ich.

»Doch«, sagte sie.

Ich strich mir die Haare aus dem Gesicht, sie waren nass von Schweiß.

»War ein Scherz«, sagte Nike. »Ich hab nichts mehr von ihm gehört, ehrlich.«

»Was wollte er eigentlich von Ihnen genau wissen?«, sagte ich.

Die Sonne schien mir direkt auf den Kopf, als hätte sie nichts Besseres zu tun.

»Er hat sich für die Zeit von Spitzweg interessiert, für den Realismus, für die Romantik, bei Spitzweg haben Sie ja verschiedene Einflüsse. Cölestin fand es total spannend, dass die Maler damals ihre Ateliers verlassen und im Freien gemalt haben, davor gabs ja nur Ateliers. Schon wegen der Utensilien und allem. Im neunzehnten Jahrhundert kamen die Farbtuben auf, die waren natürlich gut zu transportieren, außerdem verwendeten die Maler neue Farben, Kobaltblau, Ultramarinblau, künstlich hergestellt, aber das Ergebnis war überwältigend, ganz neue kräftige Farben. So was hab ich ihm erzählt. Spitzweg war auch viel unterwegs, in der Schweiz, Italien, Frankreich, in London, er hat den berühmten Kristallpalast besucht, und dann halt in Bayern, seine Ausflüge in die Umgebung.«

»Hatten Sie den Eindruck, Korbinian beschäftigt sich zum ersten Mal mit Malerei?«, sagte ich.

»Ja«, sagte Nike. »Ich hab ihn gefragt, was ihn ausgerechnet an Spitzweg so fasziniert, er hat gesagt, das sind die Bilder hinter den Bildern. Was er damit gemeint hat, weiß ich nicht.«

»In diesen Bildern fühlt er sich zu Hause«, sagte ich.

»Mag ja sein, aber was bedeutet das?«

Ich spendierte ihr noch eine Cola und kaufte mir ein Mineralwasser.

»Wenn Sie mit Cölestin in der Ausstellung waren«, sagte ich, »was für einen Eindruck hatten Sie da von ihm?«

»Sie meinen, wie er so drauf war?«

»Ja.«

»Gut war er drauf«, sagte Nike. Sie hielt sich das gekühlte Glas an die Wange. »Jetzt, wo Sie mich danach fragen:

Ich hab manchmal gedacht, er geht so durch die Säle, als würd er spazieren gehen. Lässig. Den Strohhut hat er hinter dem Rücken festgehalten, so ...« Sie machte es vor, indem sie ihre Hände hinter dem Rücken kreuzte. »Dann hat er sich die Ärmel seines Hemdes hochgekrempelt und ist vor sich hin stolziert.«
Sie wartete auf eine Reaktion von mir.
Ich schwieg.
»Hallo?«, sagte sie.
»Ich höre zu«, sagte ich.
Ihr rechtes Lid zuckte, dann trank sie die Cola aus und blickte mit gerunzelten Brauen auf ihr Fahrrad, das sie an die Hauswand gelehnt hatte. Auf den Gepäckträger hatte sie einen schwarzen Rucksack geklemmt.
»Wie oft haben Sie mit ihm die Ausstellung besucht?«, sagte ich.
»Dreimal.«
»Warum?«
»Bitte?«
»Warum wollte er, dass Sie mitgehen?«
»Das hab ich doch grad gesagt: Damit ich ihm was erklär!«
»Und das haben Sie jedes Mal getan.«
»Nur beim ersten Mal«, sagte Nike.
»Und bei den anderen Malen?«
»Da haben wir über die vielen Details gesprochen, die Farne, die Falten, die Kleidung der Personen, das Licht. Sie waren doch auch drin!«
»Ja«, sagte ich.

Dann schwiegen wir.
»Erinnern Sie sich an das Bild ›Die Dachstube‹?«, sagte Nike und drehte das leere Glas in den Händen.
»Nein«, sagte ich.
»Da steht ein Mann in einem gelben Morgenmantel auf seinem Balkon und gießt seine englische Rose und den Rittersporn. Über ihm hängen zwei Vogelbauer von der Decke. Und wie er so seine Blumen gießt und in die Ferne, über die Dächer der Stadt, schaut, da kommt eine Libelle auf ihn zugeflogen. Die schwirrt in der Luft, das können Sie erkennen, wenn Sie genau hinsehen, Sie denken, die flattert mit den Flügeln, so präzise ist das gearbeitet. Und im Hintergrund ist natürlich die Peterskirche, die hat er ja dauernd gemalt, die war irgendwie unvermeidlich.«
»Der Turm mit den acht Uhren«, sagte ich.
»Von seiner Wohnung hat Spitzweg ihn auch sehen können«, sagte Nike. »Als er endlich die richtige gefunden hatte.«
»Wo?«
»Am Heumarkt, heute ist da der Jakobsplatz.«
Ich schwieg.
Dann sagte ich: »Beim letzten Mal, als Sie mit Cölestin in der Ausstellung waren, was hat er da zum Abschied zu Ihnen gesagt?«
»Auf Wiedersehen«, sagte Nike.
Ich sagte: »Und davor?«
»Dass er sich vielleicht wieder meldet.«
»Und Sie waren bei allen drei Besuchen zu zweit.«

»Ja.«
»Es war keine andere Frau dabei?«
»Sie meinen, seine Geliebte? Nee.« Mit einem Ruck hob sie den Kopf. »Vielleicht hat er sich im Turm von St. Peter versteckt! Da würd ihn niemand suchen. Da wären Sie jetzt nicht drauf gekommen!«
Sie hatte Recht.

»Den kenn ich nicht«, sagte der Mann im Kassenhäuschen neben dem Aufgang zum Turm.
»Sehen Sie sich das Foto bitte noch mal an«, sagte ich.
Als er mir das Bild zurückgab, blickte er mit dem einen Auge an mir vorbei.
»Sie haben tausende von Touristen jeden Tag«, sagte ich.
»So viele sinds auch wieder nicht.«
»Könnte jemand in dem Turm unbemerkt über Nacht bleiben?«, sagte ich.
»Ausgeschlossen.«
»Warum?«
»Da sind überall Gitter, Sie kommen da nirgends rein, alles abgesperrt. Außerdem wird regelmäßig kontrolliert.«
»Von wem?«
»Vom Wachdienst. Schauen Sie halt selber nach. Sind bloß zweiundneunzig Meter und zweihundertneunundneunzig Stufen. Oder trauen Sie sich nicht?«
»Kann sein«, sagte ich.
»Sie sind doch von der Polizei!«, sagte der schielende Mann. »Sie müssen sich doch was trauen!«
»Ja«, sagte ich.

Vier Asiaten mit mehreren Fotoapparaten kauften Eintrittskarten und lachten in den engen Eingang hinein. Ich verabschiedete mich, schlenderte noch eine Weile über den Viktualienmarkt, zwang mich, kein Bier zu trinken, und wünschte, ich würde unverhofft Martin zwischen den Besuchern des Biergartens entdecken. Umströmt von Menschen unterschiedlicher Nationen legte ich den Kopf in den Nacken und schloss die Augen, die Hände hinter dem Rücken, stumm unter Stimmen, die klangen, als würde der Sommer sich selbst besingen.

In den darauf folgenden Tagen brachte Sonja mich dazu, nicht ständig an Cölestin Korbinian zu denken, und in Zusammenarbeit mit meinem Kollegen Wieland Korn vom Landeskriminalamt gelang es mir, die beiden Auslandsvermissungen zu klären und die Männer in Italien beziehungsweise in Griechenland aufzuspüren. Was Mustafa, den Jungen, betraf, so fing sein Verschwinden an, uns ebenso zu beunruhigen wie das von Natascha und Swenja, deren Fall nach wie vor Sonja bearbeitete. Sie hatte die Daten mittlerweile an die »Sirene« beim BKA übermittelt, eine zentrale Sammelstelle bei Auslandsfahndungen im Rahmen des Schengener Informationssystems. Sonja hatte Hinweise erhalten, wonach die beiden Mädchen möglicherweise mit einem Bekannten, dessen Namen im INPOL-System im Zusammenhang mit Drogenhandel auftauchte, in die Türkei gereist waren, ob freiwillig oder unfreiwillig, wussten wir noch nicht. Nach dreizehn Tagen intensiver Ermittlungen entdeckte

ich in Mustafas Zimmer, geschickt zwischen die Seiten eines dicken Atlasses geklebt, eine Skizze mit abgekürzten Straßennamen und hingekritzelten Figuren, die wie Tiere aussahen. Gemeinsam mit Paul Weber fuhr ich in den Tierpark Hellabrunn, wo wir mit Hilfe des kruden Plans auf einen leer stehenden Schuppen stießen. Auf einer Holzpritsche lag Mustafa und weinte. Er gab keinen Laut von sich, die Tränen rannen unaufhörlich über sein Gesicht, und er starrte mit großen dunklen Augen zur Decke. Auf dem Boden lagen abgekaute Äpfel, Bananenschalen und leere Pappschachteln, aus denen er Nüsse gegessen hatte.
»Hier ist Freiheit«, sagte er.
Vor der Hütte hielt er sich die Hand vor die Augen, so sehr blendete ihn die Sonne. Wir lieferten ihn zu Hause ab, seine Mutter schloss ihn in die Arme, und es stand mir nicht zu, diese Umarmung für ein Verlies zu halten.
Am nächsten Tag – es war Mittwoch, der 31. Juli – verließ ich das Dezernatsgebäude in der Bayerstraße und machte mich mitten durch die Kaufingerstraße auf den Weg zum Viktualienmarkt. Ich musste dorthin. Ich kam nicht davon los. In meinem Kopf klang Mustafas Satz nach, wieder und wieder: »Hier ist Freiheit.« Und ich stellte mich, wie schon einmal, neben den Elise-Aulinger-Brunnen mit dem dreistrahligen Wasserspender, zwischen dem Metzger Schlemmermeyer und dem Bäcker Müller, verschränkte die Hände hinter dem Rücken und kümmerte mich um keinen Blick.
Ich stand nur da. Unverrückbar. Ich trug meine an den

Seiten geschnürte Hose aus Ziegenleder und ein frisches weißes Hemd und schwarze Halbschuhe. Keine Jacke, keinen Hut. Ich sah in Richtung Petersplatz und nirgendwo anders hin. Leute blieben stehen und musterten mich wie eine Statue oder einen dieser Künstler der Bewegungslosigkeit, die sich roboterhaft verbeugten, wenn jemand ihnen eine Münze hinwarf.

Drei Stunden stand ich da und rührte mich nicht von der Stelle. Frauen wuschen Obst im Brunnen, Kinder tranken daraus, ein Dobermann zerrte an der Leine seines Besitzers, gierig mit der Schnauze auf mich zeigend. Auf der Straße vor dem Rischart-Café und den Metzgereien fuhren Taxis, Streifenwagen und Linienbusse vorüber. Ich bewegte mich nicht. Ein leichter Wind wehte. Im Hintergrund ragte der Turm von St. Peter auf.

Und dann ging ich los.

Ich kaufte eine Eintrittskarte bei dem Mann mit den Pupillen, die in verschiedene Richtungen blickten, und er sah mich an, sagte aber nichts, und ich glaubte, dass er mich wiedererkannte.

Der Anfang der Treppe bestand aus Steinstufen, es war eng und schwül, und ich schwitzte schon auf der ersten Ebene. Schritte hallten wider. Ich hörte Stimmen, Gelächter und Husten. Ich ging an bekritzelten Eisentüren vorüber, an Absperrgittern und Balken, Etage für Etage, deren Zahl auf roten Schildern angezeigt wurde. Zwischendurch verengte sich die Treppe wieder. Ich keuchte, lehnte mich an die Wand, ließ entgegenkommende Besucher vorbei. Durch schmale Fenster war Licht zu sehen,

wie weit entfernt. Ich ging zu schnell. Ich schwitzte vor Anstrengung und Enge. Die Treppe hörte nicht auf. Auf jedem Absatz hielt ich inne und schnappte nach Luft. Selten hatte ich mich derart fett gefühlt. Und verrostet.
Von der vierzehnten Etage führte eine Tür ins Freie auf die Aussichtsgalerie.
Ich trat nach draußen und lehnte mich gegen die Wand, den Mund weit geöffnet, und sah über die Dächer und Türme der Stadt, über die winzigen Menschen hinweg, die viel befahrenen Straßen und die begrünten Plätze.
Italiener, Franzosen und Japaner zwängten sich an mir vorbei. Mir war schwindlig. Vorsichtig tastete ich mich am Geländer entlang, warf einen schnellen Blick hinunter auf den Marienplatz, wo früher die Hinrichtungen stattfanden, zu denen das »Armesünderglöcklein« von St. Peter läutete, bog um die Ecke und beeilte mich, die Tür ins Innere zu erreichen.
Ich hatte wirklich geglaubt, hundert Meter über der Stadt Cölestin Korbinian anzutreffen.
Und als ich mich zur Treppe wandte, um hinunterzugehen und meiner Lächerlichkeit ein Ende zu bereiten, bemerkte ich eine Nische mit zwei Fenstern und einer hölzernen Eckbank.
Und auf der Bank saß, den Kopf mit dem Strohhut an die Wand gelehnt, die Hände im Schoß, mit hochgestelltem Hemdkragen, Cölestin Korbinian und schlief.

13

In der Schule, erzählte er, haben sie ihn den Postler genannt, und er verstand nicht, wieso. »Heute versteh ichs, weil ich bin ja einer.« Er trug eine Umhängetasche, damals, mit einem langen Lederriemen, und oft sammelte er vor dem Unterricht die Hefte und Blocks seiner Mitschüler ein, und wenn sie dann alle auf ihren Plätzen saßen, verteilte er sie wie Geschenke oder Briefe. »Das ist daher gekommen, dass meine Mutter bei der Post war, eine Zeit lang hat sie die Zustellungen gemacht.« Er aber, sagte er, habe gar kein Postler werden wollen. »Sondern Fernmeldetechniker.« Das habe sich dann nicht ergeben.

»Wollten Sie immer Polizist werden?«, fragte Cölestin Korbinian.

»Nein«, sagte ich. »Ich wusste nicht, was ich werden sollte.«

»Nicht mal Lokomotivführer oder Feuerwehrmann?«

»Nein«, sagte ich. »Nichts. Ich wollte wahrscheinlich nichts werden.«

»Welchen Beruf hat denn Ihr Vater gehabt?«

»Ingenieur.«

»In einer Fabrik?«

»Ja«, sagte ich.

»Und Ihre Mutter?«

»Sie war eine Hausfrau«, sagte ich. »Aber die meiste Zeit war sie krank. Sie starb, als ich dreizehn war.«

»Mein Vater«, sagte Korbinian, »starb, da war ich neun.

Schlaganfall. Stand in der Küche, und ich seh ihn, wie er umfällt. Ganz langsam. Er ist ganz langsam umgefallen. Er hat sich noch festhalten wollen, am Tisch, am Büfett, seine Hand hat danebengegriffen, das hab ich genau gesehen. Es ist mir vorgekommen, als wüsste mein Blick schon, was im nächsten Moment passiert. Ich schau hin, und dann passiert es, er kippte zu Boden und blieb liegen, mein Vater. Er war ein stattlicher Mann, groß wie ich, kräftig, breite Schultern, strammer Hals. Und ich hab kein Geräusch gehört. Das ist eigenartig, immer noch. Wenn ich dran denke, versuch ich hinzuhorchen. Ob da was klirrt, was scheppert, ob da ein Quietschen ist von den Schuhen auf dem PVC. Ist nichts. Alles still. Ist alles still, als hätt jemand den Ton abgedreht. Ich sah ihn vor mir liegen und konnt mich nicht bewegen. Er lag zur Seite gedreht direkt vor meinen Sandalen, die ich anhatte, es war im Sommer, der erste August, so wie heut. Heut vor einundvierzig Jahren. Ich seh ihn da liegen, als hätt er sich weggedreht von mir, möglich wär das, er war auch ein verschlossener Mensch, sehr in sich gekehrt und kontrolliert. Wie ich. Ich dachte immer, er verbirgt was vor mir, vor meiner Mutter, vor allen anderen Leuten. Er arbeitete bei der Stadt, er war Gärtner, Stadtgärtner, er kannte jede Blume in der Stadt, das war sein Ausspruch. Ich kenn jedes Blümerl zwischen Trudering und Aubing. Nicht schlecht, oder?«

»Ja«, sagte ich. »Nicht schlecht.«

»Ewig übertrieben natürlich«, sagte Korbinian. »Aber ich habs ihm trotzdem geglaubt. Weil ich das schön fand, dass er mir so was anvertraut hat, so ein Wissen, so ein geheimes Wissen. Sonst hat er wenig erzählt von der Arbeit, von den Kollegen. Meine Eltern haben wenig gesprochen, wie war das bei Ihnen?«

»Sie sprachen auch wenig«, sagte ich. »Als ich sehr klein war, dachte ich, mein Vater wäre stumm. Er hat nicht einmal geschnarcht.«

»Darüber war Ihre Mutter bestimmt froh«, sagte Korbinian.

»Dafür hat sie laut geschnarcht«, sagte ich. »Später dachte ich, vielleicht hatte sie Schmerzen. Vielleicht war das Schnarchen das Schreien ihres wunden Schlafs.«

»Das wär möglich«, sagte Korbinian.

»Wo war Ihre Mutter, als Ihr Vater starb?«

»Briefe austragen«, sagte Korbinian. »Ich hab bei den Nachbarn geklingelt, da hat niemand geöffnet, dann bin ich durch die Kreuzstraße gelaufen und hab laut um Hilfe gerufen. Hilfe! Hilfe! Eine Nonne hat mich angehalten und sie rief dann die Polizei. Ich hab irgendwas zu ihr gesagt. Sie hat mich nach Hause begleitet. Sie hat sich über meinen Vater gebeugt und die Hand an seinen Hals gelegt. Ich hab nicht geweint. Hab ich nicht getan. Wollt ich nicht tun. Hab ich auch geschafft. Haben Sie geweint damals?«

»Nein«, sagte ich. »Ich habe es versucht und aus irgendeinem Grund fand ich es gemein, dass ich mich anstrengen musste, um zu weinen.«

»Auch bei der Beerdigung: keine Träne«, sagte Korbinian. »Mein Vater wurde noch auf dem alten Südlichen Friedhof beigesetzt. Sonniger Tag war das. Wie heut. Die

Sonne schien bis in die Grube hinein. Einundvierzig Jahre her. Gestern. Letztes Jahrhundert. Ich steh immer noch da und schau zu, wie die Männer mit den schwarzen Hüten die Erde auf den Sarg schütten. Meine Mutter hat mich weggeführt. Sie und ihre Schwester stützten sich gegenseitig. Sie weinten. Ich werd mal auf dem Neuen Südfriedhof landen. Und Sie?«

»Auf dem Ostfriedhof«, sagte ich.

»Der ist auch schön«, sagte Korbinian. »Der Nachteil ist, es fahren dauernd Züge vorbei, Güterwaggons, S-Bahnen, außerdem ist viel Verkehr auf der St. Martinstraße und der anderen ... die zum Rosenheimer Platz vorgeht ...«

»Regerstraße«, sagte ich.

»Regerstraße doch nicht!«, sagte Korbinian. »Die zum Rosenheimer Platz geht!«

»Die heißt Franziskanerstraße«, sagte ich. »Aber in dem Abschnitt beim Friedhof heißt sie Regerstraße.«

»Sie haben Recht. Auf jeden Fall ist da viel Verkehr, und es ist laut.«

»Auf der Kapuzinerstraße, die am Südlichen Friedhof vorbeiführt, ist es noch lauter«, sagte ich.

»Aber der Friedhof ist zurückversetzt und hat eine hohe Mauer.«

»So hoch ist die Mauer auch wieder nicht«, sagte ich.

Danach schwiegen wir lange, blickten durch das leere Lokal mit der dunklen Holzverkleidung, tranken und bestellten eine weitere Halbe Helles, prosteten uns wortlos zu, und die Zeit verging ohne uns.

Seit ich Korbinian auf dem Turm von St. Peter geweckt hatte, war ich nicht mehr zu Hause gewesen und heute den ganzen Tag über nicht im Dezernat, ich hatte nicht einmal dort angerufen.

Ich hatte es vergessen.

Wo wir gewesen waren, wusste ich nicht mehr. Wir waren unterwegs. Leute hätten uns sehen können, sie hatten die Chance, uns zu identifizieren, ihn, den Gesuchten, den Zeitungsbekannten. Niemand erkannte ihn. Wir blieben, daran erinnerte ich mich vage – aber es war wie eine geliehene Erinnerung – in der Nähe des Doms, des Rathauses, der Dienerstraße, der Eisenmannstraße, des Altheimer Ecks, der Gegend um die Neuhauserstraße, bis wir schließlich vor der »Hundskugel« in der Hackenstraße standen und, ohne uns zu beratschlagen, dieses angeblich älteste Lokal Münchens betraten. Und hier saßen wir den ganzen Nachmittag und den ganzen Abend als einzige Gäste, und die Bedienung schien sich nicht daran zu stören.

Cölestin Korbinian sah genauso aus, wie seine Frau ihn beschrieben hatte, er trug seine dunkle Hose und sein hellblaues Hemd, dessen Farbe er coelinblau nannte, dazu den Strohhut mit dem Stoffband über der Krempe. Keine Jacke, keinen Mantel.

Bevor ich ihn geweckt hatte, hatte ich mich neben ihn gesetzt und ebenfalls die Augen geschlossen. Vielleicht war ich eingeschlafen. Auf dem Turm verweilten wir nur noch kurz, Korbinian sagte, nachdem er sich übers Gesicht gerieben und mir die Hand geschüttelt hatte, es

habe keinen Sinn, Ausschau zu halten, wenn man kein Spektiv besitze, und seines habe er irgendwo verloren, das ärgere ihn. Ich fragte ihn, was er sich vom Ausschauhalten verspreche und ob er etwas Bestimmtes suche, und er antwortete: »Jetzt nicht mehr.« Er habe endlich ein Zimmer mit Blick auf den Alten Peter gefunden, von seinen Fenstern aus sehe er, auch ohne Spektiv, die Gassen, Häuser und Menschen, die seine Heimat ausmachten.
»Sie sind zu Hause«, sagte ich.
»Ich lebe mitten in der Stadt«, sagte Korbinian, »und bin doch für mich. Besser kann man nicht leben.«
»Sie sind gern allein«, sagte ich.
»Gibt es eine andere Lebensform?«, sagte er.
»Sie sind verheiratet.«
»Glauben Sie, mit einer Hochzeit hört das Alleinsein auf? Sind Sie verheiratet?«
»Nein«, sagte ich.
»Warum nicht?«
»Es hat sich nicht ergeben.«
»Ich«, sagte Korbinian, »bin verheiratet, weil es sich so ergeben hat. Ich war zweiundzwanzig, meine Frau vierundzwanzig. Ich war Beamter, eine gute Partie.«
»Wollten Sie keine Kinder?«, sagte ich.
»Es kamen keine. Meine Frau wurde nicht schwanger. Ich hab ihr nie Vorwürfe gemacht.«
»Vielleicht lag es an Ihnen«, sagte ich.
»Das weiß ich nicht«, sagte Korbinian. »Ich hatte dann kein sexuelles Bedürfnis mehr. Aber das konnte ich ihr nicht sagen, das ist verletzend, wenn Sie so was zu Ihrer

Frau sagen. Ich hab sie angelogen, ich hab ihr gesagt, ich wär impotent, das war ein toller Einfall, so toll, dass ich gleich zum Urologen gegangen bin und ihm dasselbe erzählt hab. Er hat mich fachmännisch untersuchen wollen, das hab ich abgelehnt. Verurteilen Sie mich?«
Ich sagte: »Ich verurteile niemanden.«
»Ich verrat Ihnen was, ich hab eine Freundin jetzt. Ein junges Mädchen, neunzehn, sie arbeitet in einer Wäscherei, sie kommt aus armen Verhältnissen, ihre Eltern stammen aus Rumänien, ich besuch sie im Waschsalon und bring ihr Blumen mit, sie freut sich unbändig darüber. Sie hat mich auch schon geküsst. Hat aber niemand gesehen. Meist hat sie eine blaue Schürze an, Sie können sie nicht übersehen, ihre Haare hat sie hochgesteckt, und sie hat ein stolzes, strenges Gesicht. An den Wochenenden geht sie putzen. Auch in meiner Wohnung, meiner Stube.«
»Sie haben nur ein Zimmer«, sagte ich.
»Braucht man mehr als ein Zimmer?«, sagte Korbinian.
»Nein«, sagte ich. »Ein Zimmer genügt.«
»Sie putzt, und dann unterhalten wir uns. Sie erzählt mir von ihrer grauen Kindheit und dass sie sich immer gewünscht hat, fliegen zu können oder unsichtbar zu werden, damit sie ein eigenes Leben führen kann, ein richtiges, ein heiteres. Ich koch ihr Kaffee. Sie ist gierig nach Kaffee. In ihrer Heimat hat sie nie welchen getrunken, sie kannte den Geruch nicht mal. Kaffee ist eine Köstlichkeit. Sollen wir einen bestellen?«
»Unbedingt«, sagte ich.

Wir tranken jeder eine Tasse schwarzen Kaffees und schwiegen. Als die Bedienung frisches Bier brachte, sagte ich: »Möge es nützen!«
Wir stießen mit den Gläsern an.
»Wenn Annegret von Elena erfahren würd, wär sie gleich eifersüchtig«, sagte Korbinian.
»Annegret ist auch eine heimliche Freundin von Ihnen«, sagte ich.
»Keine Heimlichkeiten mehr!«, sagte Korbinian. »Ich bin hier! Die Fremde war früher.«
»An der Hauptfeuerwache haben Sie in der Fremde gelebt«, sagte ich.
»Ich bin mein Leben lang fremdgegangen«, sagte Korbinian. »Auf und ab. Hin und her. Tag und Nacht. Das hat aufhören müssen, das war nicht mehr auszuhalten für mich. Vor drei Monaten bin ich fünfzig geworden. Ein falscher Fünfziger. Keine Lust mehr. Wie alt sind Sie?«
»Vierundvierzig«, sagte ich.
»Ich hätt Sie älter geschätzt«, sagte Korbinian. »Das ist aber nicht abfällig gemeint, Sie haben halt ein Alter im Gesicht. Wie spät ist es?«
»Ich habe keine Uhr.«
»Ich auch nicht«, sagte Korbinian. »Also bleiben wir noch. Meine Frau wär auch auf Elena eifersüchtig, und Gerlinde auch. Die auch.«
»Gerlinde Falter?«, sagte ich.
»Die aparte Kassiererin mit den engen Kleidern«, sagte er.
»Sie duzen sich. Das hat sie mir verschwiegen.«

»Sie kann sehr verschwiegen sein«, sagte Korbinian.
»Wäre Nike auch eifersüchtig auf Elena?«, sagte ich.
»Nein«, sagte Korbinian. »Nike steht den Frauen näher als den Männern, haben Sie das nicht gemerkt?«
»Nein«, sagte ich.
»Manche Dinge sieht man einfach nicht«, sagte Korbinian, »auch wenn man direkt davorsteht.«
»Wann hat Ihre Fremdheit begonnen?«
»Mit der Geburt.«
»Sie waren mitten in der Stadt zu Hause«, sagte ich.
»Ich bin praktisch auf dem Sendlinger Torplatz aufgewachsen. Zwischen der Isar und dem Stachus hab ich jedes Haus, jeden Hinterhof und jeden Sandler gekannt, ich hätt da blind rumrennen können. Und in den Nachtbars war ich auch, die dann in der Kreuzstraße aufgemacht haben, ich hab die nackten Mädchen gesehen, eine hat mich mal mit in ihr Zimmer genommen, das war ein Erlebnis für einen Fünfzehnjährigen. Das war nicht wirklich. Ich hab halt so mitgelebt. Und dann hab ich gedacht, wenn ich heirat, fällt mein Alleinsein nicht so auf.«
»Fürs Alleinsein muss man sich nicht schämen«, sagte ich in Erinnerung an Paul Webers Worte.
»Muss man schon!«, sagte Korbinian. »Ich hab mich immer dafür geschämt. Immer. Dauernd. Bis vor einem halben Jahr. Bis ich den glücklichen Winkel entdeckt hab. Jetzt schäm ich mich nicht mehr. Und ich geh auch nie wieder weg. Nie wieder geh ich hier weg. Nie wieder geh ich wo fremd. Nie wieder.«

Später in der Nacht führte er mich in sein Zimmer am Jakobsplatz. Auf dem Balkon wuchsen zwei englische Rosen und Efeu, und von der Decke hing ein zwiebelförmiges Vogelbauer, in dem ein ausgestopfter zitronenfarbiger Zeisig hockte.

14

Sein Vater, sagte Cölestin Korbinian, sei auf demselben Friedhof beerdigt wie Carl Spitzweg. Dann sagte er lange Zeit nichts. Die Tür zum Balkon stand offen. Einmal hörten wir das Trappeln von Pferdehufen auf Steinpflaster und ein aggressives Schnauben. Wir saßen auf alten, mit Samt überzogenen Stühlen, rechts und links eines runden Holztisches mit geschwungenen Beinen. In einer Ecke stand ein breites Metallbett. Im bleichen Schimmer einer Stehlampe, an deren Schirm Kordeln hingen, leuchteten Kopfkissen und Plumeau in einem unwirklichen Weiß, als falle ein spezielles Licht darauf. An der Wand hinter uns hingen eine grüne quadratische Uhr mit schmalen Gewichten und ein Gemälde, das eine Waldlandschaft zeigte, die mich an eine Gegend in der Nähe der Isar erinnerte. Ein Geruch nach Desinfektionsmittel und feuchtem Holz durchzog den niedrigen Raum.

»Ihr Lieblingsbild ist der mit übereinander geschlagenen Beinen dasitzende Mann auf dem Petersturm«, sagte ich.

Korbinian antwortete erst nach einer langen Pause, in der er Bier trank, die Beine übereinander schlug und sich gegen den gepolsterten Stuhlrücken lehnte, nachdem er die meiste Zeit nach vorn gebeugt dagesessen hatte.

»Das können Sie nicht wissen«, sagte er.

»Frau Falter hat es mir erzählt«, sagte ich.

»Die Gerlinde.« Dann legte er die linke Hand aufs Knie,

wie der Mann auf dem Gemälde, und blickte zur Balkontür.

In der Ferne schlug eine Uhr vier Mal. Die Vögel fingen an zu singen, und in der Abgeschiedenheit des Zimmers erwarteten wir zeitlos den Morgen.

Ich sagte: »Sie sind der Mann auf dem Turm.«

»Vermutlich«, sagte Korbinian. Dann wandte er mir den Kopf zu, was er selten tat. »Haben Sie gesehen, dass an dem Turm acht Uhren angebracht sind?«

»Ja«, sagte ich.

»Wie Valentin schon festgestellt hat: Da können jetzt acht Leute gleichzeitig auf die Uhr schauen.« Er drehte den Kopf weg, aber ich sah, dass er lächelte.

»Sie verbringen jeden Tag auf dem Turm«, sagte ich.

»Auf diese Weise bin ich mitten in der Stadt und trotzdem für mich. Bloß die Absperrung stört mich, das Gitter. Ist für Leut, die runterspringen wollen. Die müssen jetzt erst umständlich raufklettern, macht natürlich keiner, das hält bloß auf. Früher sind öfter Leut runtergesprungen. Überlebt hat keiner. Trinken wir noch ein Bier, bevor es hell wird?«

»Unbedingt«, sagte ich.

Er stand auf, nahm die zwei leeren Flaschen und ging in einen Nebenraum, vielleicht eine Küche. Jedes Mal schloss er die Tür hinter sich, als wolle er etwas vor mir verbergen. Mit gekühlten Flaschen, deren Schnappverschlüsse er schon geöffnet hatte, kam er zurück, setzte sich und hob die Flasche.

»Möge es nützen!«, sagte er. »Das hab ich mir gemerkt.«

Er nahm einen kurzen Schluck und stellte die Flasche mit einem Klirren auf den Tisch. »Im Mäßigkeitsverein hätten sie uns damals nicht aufgenommen.«
»Nein«, sagte ich.
Als hätte mein Lidschlag zu lange gedauert, war es plötzlich hell vor dem Fenster.
»Guten Morgen«, sagte Korbinian, der sich vielleicht auf ähnliche Weise wunderte.
»Guten Morgen«, sagte ich.
Ich hörte, wie er tief einatmete. Dann erhob er sich für einen Moment, stemmte die Hände in die Hüften und setzte sich wieder. Entgegen meiner Gewohnheit blieb ich die ganze Zeit sitzen, in einem nahezu behaglichen Zustand.
»Jeden Tag«, sagte Korbinian. »Ich geh von der Ausstellung direkt auf den Turm.«
»Wie machen Sie das?«, sagte ich.
»Das weiß ich nicht«, sagte er. »Ich tu es einfach.«
Wir schwiegen.
»Als Kind«, sagte er, und die Geräusche von der Straße wurden lauter, »hab ich mich oft zwischen die Türme am Sendlinger Torplatz gestellt. Bin dann im vierzehnten Jahrhundert gewesen und hab die Händler begrüßt, die aus der Welt in unsere kleine Stadt gekommen sind, ich hab Wegzoll verlangt, und sie haben mich mit Obst und süßen Sachen bezahlt. Hat aber nichts genützt.«
Ich schwieg.
»Wenn Sie einmal verkehrt sind, bleiben Sie verkehrt«, sagte Korbinian. »Ich mach meinen Eltern keinen Vorwurf. Lebt Ihr Vater noch?«

Ich sagte: »Er ist verschwunden. Er ging weg, als ich sechzehn war. An einem Sonntag.«
»Hat er keinen Brief hinterlassen?«
»Doch«, sagte ich.
»Warum ist er weggegangen?«
»Weil er musste«, sagte ich. »Er hatte keine andere Wahl.«
»Und er ist nie wieder zurückgekommen?«
»Nein«, sagte ich.
Eine Amsel ließ sich auf dem Rand eines Blumenkastens nieder, dem Zimmer zugewandt, verharrte reglos und flog davon.
»Einen Satz aus dem Brief habe ich auswendig gelernt«, sagte ich. »›Gott ist die Finsternis, und die Liebe das Licht, das wir ihm schenken, damit er uns sehen kann.‹ Mein Vater war kein gläubiger Mensch. Aber ich bin mir nicht sicher.«
»Glauben Sie an Gott?«, fragte Korbinian.
»Manchmal«, sagte ich. »Wenn ich glücklich bin. Glauben Sie an Gott?«
»Habs versucht, ich glaub, es ist mir nicht gelungen. Was bedeutet der Satz von Ihrem Vater?«
»Vielleicht«, sagte ich, »bedeutet er, dass Sie zu Ihrer Frau zurückkehren sollten.«
»Herr Süden!« Er wandte den Kopf zu mir und sagte mit beschwingter Stimme: »Ich hab meine Frau doch nicht verlassen!«

»Meine Frau«, sagte Korbinian, »führt ein gediegenes Leben, das braucht sie wegen mir nicht aufzugeben.«

Ich schwieg.
Wieder hörte ich wie aus einer fernen Zeit das Schnauben eines Pferdes und Hufgetrappel auf Kopfsteinpflaster.
Korbinian beugte sich vor, die Hände um die Armlehnen geklammert. »Meine Frau kaut ihren Kaffee. Das hab ich noch nie ertragen. Sie kaut ihn, als wär der Kaffee was zu essen, bevor sie ihn runterschluckt. Manche Menschen haben Angewohnheiten, die treiben andere in den Wahnsinn rein.« Dann lehnte er sich zurück und gab einen kurzen erschöpften Seufzer von sich, der mich auf kuriose Weise an Nero, den blinden Hund, erinnerte.
»Vielleicht«, sagte ich, »haben Sie geheiratet, weil Sie es nicht geschafft haben, allein zu bleiben, so wie es Ihnen entsprechen würde.«
Wie schon oft antwortete er lange nicht. Dann sagte er wie zu sich selbst: »Wollen Sie mir mein Leben erklären?«
Ich schwieg in das metallische Fauchen einer Straßenkehrmaschine hinein.
Korbinian schlug die Beine übereinander und legte die Hand aufs Knie.
»Wie kamen Sie überhaupt auf die Ausstellung?«, sagte ich. »Hat Sie jemand darauf aufmerksam gemacht?«
»Ja«, sagte er. »Nero. Er hat mich hingeführt.«
»Von der Gundelindenstraße bis zum Haus der Kunst.«
»Quer durch den Englischen Garten. Im Schneetreiben.«
»Und wieder zurück«, sagte ich.
Korbinian reagierte nicht.

»Einmal haben Sie vergessen ihn auszuführen«, sagte ich.
»Weil Magnus gewollt hat, dass wir uns treffen. Und ich hab ja gesagt. Unvorstellbar!« Aufgeregt sprach er weiter, doch sein Körper blieb ruhig. »Da hab ich begriffen: Jetzt weg! Ich bin zum Hund, bin einmal mit ihm um den Block und weg war ich. Und hier bin ich. Und jetzt zeig ich Ihnen was.«
Abrupt stand er auf. Er wankte ein wenig und zeigte auf die verschlossene Tür, hinter der er das Bier geholt hatte. Ich stand auf und folgte ihm, und er öffnete die Tür, und durch ein schmales Fenster fiel Morgenlicht auf eine Galerie gerahmter Gemälde. Sie hingen in einer Küche, in der nichts als ein weißer bauchiger Kühlschrank stand. Keine Spüle, keine Schränke. An den gegenüberliegenden Wänden hing ein Bild neben dem anderen. Als ich näher trat, sah ich, dass es sich um Kopien in billigen Rahmen handelte.
»Lassen Sie sich Zeit«, sagte Korbinian und verließ den nach Zement riechenden Raum.
Auf den Marktplatz fährt eine Postkutsche, gezogen von drei Schimmeln, eine Frau in einem indigofarbenen Kleid unterbricht fürs Hinschauen das Lesen in einem Brevier. Eremiten, Eigenbrötler, Mönche in Klöstern, über deren Türen steht: »Gut lebt, wer im Verborgenen lebt«. Soldaten, krieglose Zeitverschwender in der freien Natur, gähnend, lesend, strickend. Höhlen, Schluchten, Berge, Ebenen und die unauffälligen Winkel der Stadt. Männer mit Gesichtern aus Staunen und Verwirrtheit, linkische Männer, denen das Überreichen eines Blumenstraußes

äußerste Disziplin abverlangt, ihre Bewegungen scheinen noch nachzuzittern von stundenlangen, immer wieder abgebrochenen heimlichen Versuchen, und jetzt, da der Ernstfall eintritt und sie handeln müssen, wirken sie, als hätte ihnen das Probieren eigentlich genügt, als verliere das Glück ihrer Vorstellung im Moment der Wirklichkeit an Schönheit und Bedeutung. Doch auch auf die unbeholfensten Männer, auf die Stubenhocker mit ihren verschrumpelten Schatten, auf die langnasigen Bücherverschlinger und die Fensterangler mit ihren Zettelködern, auf die gebeugten Gedankenschlepper, die Steineleser und die Schmetterlingsphantasten, auf alle, die da horchen an den Wänden zur Welt, warten in Gärten, Kabinetten und Lauben, anmutige, ernsthaft dreinblickende Frauen mit einer Aura von Geduld und Nachsicht und einem noch ungeöffneten Lächeln auf den Lippen, Licht fällt auf sie und verleiht ihrer Nähe Dauer. Das Leben, es ist groß in jeder krummen Gasse, und das Weinen der Einsamen endet beim Besuch einer Amsel auf dem Fensterbrett und dem Schwirren einer Libelle vor dem Erker und dem Schlagen der Glocken im Turm des heiligen Peter.

Erschrocken über die lauten Glockenschläge wandte ich mich um und machte einen Schritt auf das Geländer zu und sah hinunter auf den fast menschenleeren Viktualienmarkt.

An einer der Buden nahe der Frauenstraße stand ein Mann in einem blauen Hemd, mit einem Hut auf dem Kopf, und trank etwas.

Niemand außer mir war um diese frühe Zeit auf dem Turm von St. Peter. Ein warmer Wind wehte und trug den Klang der Glocken über die Dächer.

Als es still war, ging ich ins Innere des Turms und wollte gerade die Treppe hinuntersteigen, da fiel mir in der Nische nebenan ein dunkler Gegenstand auf. Er lag auf der Eckbank. Es war ein blaugraues abgeschabtes Fernglas der Marke Jenoptik. Noch einmal trat ich auf die Aussichtsgalerie hinaus, stellte das Fernglas ein und hielt es mir vor die Augen. Der Mann im hellblauen Hemd und mit dem Strohhut war Cölestin Korbinian. Zum Kaffee aß er eine Breze.

Scheinbar mühelos brachte ich die vierzehn Etagen hinter mich. In einer Biegung sah ich ein Gitter offen stehen, aber das ging mich nichts an. Draußen sperrte der schielende Mann gerade die Tür zum Kassenhäuschen auf. Ich überquere die Straße, die den Markt vom Petersplatz trennte, und stellte mich neben den Brunnen der Volksschauspielerin, die den Vorübereilenden aus der »Heiligen Nacht« von Thoma vorlas, als Wegzehrung in abgedunkelten Gegenden.

In diesem Augenblick zweifelte ich nicht daran, dass ich, vor wie vielen Stunden auch immer, in einem Bild von Carl Spitzweg verschwunden und erst vor ein paar Minuten wieder herausgetreten war. Eine andere Erklärung gab es für mein Hiersein um zwanzig Minuten nach sechs

Uhr am Morgen dieses zweiten August nicht. Die meisten Händler hatten ihre Stände bereits geöffnet, einige luden noch Gemüse und Fleisch von ihren Lieferwagen ab.
»Guten Morgen, Herr Korbinian«, sagte ich und stellte meine Kaffeetasse auf die hölzerne Ablage von »Karnolls Back- und Kaffeestandl«, wo es nach Brot und frischen Brezen roch.
Er nickte mir zu und trank und sah mich über den Rand der Tasse an.
Ich zeigte ihm das Fernglas. »Gehört das Ihnen?«
»Nein«, sagte er.
»Dann behalte ich es«, sagte ich.
»Für den Fall, Sie wollen mal was ganz aus der Nähe sehen und trotzdem weit weg sein«, sagte er.
Dann schwiegen wir bis zum Abschied.
»Ich wart noch, bis der Dehner-Zoo aufmacht«, sagte Korbinian. »Muss schauen, welchen Fisch sie zum Zierfisch des Monats gemacht haben.«
Ich sagte: »Welcher war es im vergangenen Monat?«
»Die Sumatrabarbe«, sagte Korbinian und rückte seinen Strohhut zurecht.
»Am Wochenende nach Ihrem Verschwinden haben Sie Ihre Frau nachts angerufen«, sagte ich. »Und am nächsten Morgen noch einmal.«
»Das ist möglich«, sagte Korbinian. »Ich möcht Ihnen verbieten, dass Sie meiner Frau von mir Auskünfte erteilen, Sie haben mich hier getroffen, wie der Zufall so spielt, und fertig. Ist das polizeilich möglich?«
»Ja«, sagte ich.

»Wo warst du denn?«, sagte Sonja Feyerabend.
»Er hat Cölestin Korbinian gefunden«, sagte Volker Thon, der mir eine halbe Stunde zuvor die gleiche Frage gestellt hatte.
»Aber warum hast du dich nicht gemeldet?«, sagte Sonja, und ich sah, wie sie ihre Tränen unterdrückte.
»Ich habe nicht dran gedacht«, sagte ich.
»Und was ist das?«, sagte sie und trat einen Schritt zurück, als würde ich sie bedrohen.
Ich hielt immer noch das Fernglas in der Hand. Ich hätte durchschauen können, um die Entfernung zwischen Sonja und mir zu überbrücken.
Aber ich blieb auf meinem Stuhl am Schreibtisch sitzen, schrieb den Abschlussbericht meiner Ermittlungen, schickte einen Vermisstenwiderruf ans Landeskriminalamt, löschte die Daten in meinem Computer und schwieg.
Gegen zwölf Uhr mittags rief Olga Korbinian an.
Sie sagte mir, ihr Mann sei wieder aufgetaucht. Und was die Geliebte betreffe, von der sie gesprochen habe: »Die hab ich erfunden, das war tröstlich für mich.«
Ich sagte: »Wie geht es Ihrem Mann?«
»Er hat Hunger, ich hab Fleischpflanzerl gemacht«, sagte sie. Nach einer Pause fügte sie hinzu: »Aber das Schönste ist, er hat sich überhaupt nicht verändert.«

15

In diesem Zimmer, in dem ich manchmal wünsche, ich hätte der Liebe mehr Ehrfucht erwiesen, ist es still. Die Gäste schlafen, die Bar hat bereits geschlossen, es ist lang nach Mitternacht. Noch immer besitze ich keine Uhr. Obwohl ich allein lebe, bin ich umgeben von Zeit und umzingelt von Terminen. An Cölestin Korbinian zu denken löst in mir eine beschwingte Erinnerung aus, ich gehe auf und ab, berühre mit der flachen Hand die Wände und lehne meine Stirn gegen das kühle Glas der Balkontür und dann setze ich mich für eine Minute oder zwei auf meinen einzigen Stuhl, schlage die Beine übereinander und lege die Hand aufs Knie.

Von diesem Platz aus blicke ich ungeniert über die Dächer und Straßen der Stadt, die ich verlassen habe, und es ärgert mich ein wenig, dass ich vergessen habe, Cölestin Korbinian zu fragen, auf welcher Seite der Fraunhoferstraße er jeden Morgen zu seinem Postamt ging. Ich bin sicher, auf der linken, aber ich weiß es nicht. Bestimmt hat er die Seite bis heute nicht gewechselt.

Martin Heuer fragte mich nach Einzelheiten, und ich erklärte, Korbinian habe sich um die Häuser getrieben, was in gewisser Weise stimmte. Pünktlich erschien Martin nach zwei Wochen Zwangsurlaub zum Dienst, er sah bleich und alt aus und roch nach Alkohol und dem Moder ungelüfteter Nachtbars. Auf die Frage, ob er sich von dcm Vorfall im Kaufhaus einigermaßen erholt habe, sagte er ja. Ich hasste ihn wegen seiner Lügen. Und ich hasste ihn wegen seines Aussehens. Und wegen seines Zitterns und wegen seines Trinkens. Und wegen seines Schwitzens und wegen seiner Obdachlosigkeit in meiner Nähe. Und als wir mit der Vermissung eines sechsjährigen Mädchens* konfrontiert wurden, verwandelte mich der Hass in einen Fremden, dessen Schatten ich noch heute werfe, wenn ich zu lange durch alte Sommer streife und über den Friedhof meiner Versäumnisse.

Nastassja war der Name des sechsjährigen Mädchens, und Martin wollte ihr Schutzengel sein. Aber er schlug seine Flügel entzwei, und ich misshandelte einen Verwundeten.

---

* Diese Geschichte erscheint als nächster Band unter dem Titel »Süden und das verkehrte Kind«.

Friedrich Ani

»Faszinierend und in mehrfacher Hinsicht außerordentlich. Mit seiner kammermusikalisch austarierten Komposition der Stimmen, mit seiner feinen Stimmungs- und Gefühlssensorik ist Ani der Schubert der Kriminalliteratur.«
DIE ZEIT

Süden und das Gelöbnis des gefallenen Engels
ISBN 3-426-61999-7

Süden und der Straßenbahntrinker
ISBN 3-426-62068-5

Süden und die Frau mit dem harten Kleid
ISBN 3-426-62072-3

Süden und das Geheimnis der Königin
ISBN 3-426-62073-1

Süden und das Lächeln des Windes
ISBN 3-426-62074-X

Süden und der Luftgitarrist
ISBN 3-426-62075-8

Süden und der glückliche Winkel
ISBN 3-426-62384-6

Knaur